OPUS MAGNUM II

OPUS MAGNUM

VOLUMEN II

ABU KASEM

MAGNITUDE PUBLISHING

Publicado por primera vez por Magnitude Publishing, 2020

Opus Magnum, Volumen II

Abu Kasem afirma el derecho a ser identificado como el autor de la obra, según los derechos de autor, diseños y ley de Patentes de 1988.a

ISBN 978-1-911387-19-0

Índice

Prepucio

Este libro no tiene una introducción, mas un prólogo; o una introducción al prólogo. Sin embargo, no ocurre en ningún espacio excepto en tu mente y alma.

Los egipcios buscaban una medida higiénica para paliar los efectos de la esquistosomiasis; eligieron la extracción del prepucio, procedimiento conocido como circuncisión.

No funcionó en absoluto; sin embargo, millones de niños pequeños todavía están expuestos a estas mutilaciones absurdas.

Esta es la razón principal por la que decidimos incluir un prepucio (prólogo) para esta obra de arte maravillosa y en constante expansión.

Prefacio

Abu Kasem, el avaro perfumista, y sus vindicativas observaciones acerca de todo lo demás.

Un increíble relato de todo lo que pudo haber sido, lo que podría ser y lo que será pensado en un probable pasado, en un presente ignorado y en un inverosímil futuro por gente no tan ordinaria que quizá haya existido, que existe y que acaso logre existir en las interminables posibilidades del tiempo… y del espacio: la frontera final.

Algunas de las ideas aquí escritas y desarrolladas han sido modificadas solamente hasta donde se nos ha permitido; tienen vida e intenciones propias, y no hay nada que podamos hacer para mejorarlas en caso de que rechazaren una ulterior manipulación o expansión.

"Salomón dijo: Nada nuevo hay sobre la tierra. Así como Platón tuvo la intuición de que todo conocimiento no es sino recuerdo, también Salomón brinda su sentencia de que toda novedad no es más que olvido."[1]

---

1   Francis Bacon's *Essays*, LVIII. 'Salomon saith, There is no new thing upon the earth. So that as Plato had an imagination, that all knowledge was but remembrance; so Salomon giveth his sentence, that all novelty is but oblivion.'

Introducción

El Opus Magnum es un relato eterno e histórico acerca de la totalidad de las cosas que han sido, que son y serán; todo aquello que podría haber sido, podría ser y podría ocurrir en un futuro probable.

Es la suma de todos los pensamientos, ideas, sueños, delirios, aspiraciones, inspiraciones y todo lo imaginable que pueda surgir del cerebro humano y de su corazón; aquello susceptible de ser expresado mediante cualquier forma escrita durante todos los tiempos y en todos los universos concebibles.

Es la empresa más ambiciosa ideada por cualquier humano que jamás haya existido, que exista o pueda llegar a existir en cualquier futuro probable; su objetivo es único mas acaso atroz: abarcar dentro de las páginas de este humilde tomo todos los eventos, pensamientos e imaginaciones que ocurrieron o pudieron haber ocurrido, que están sucediendo o podrían suceder, y aquellos que pasarán y aquellos que quizás tampoco nunca lleguen a realizarse.

Conjura un pensamiento en tu mente, y lo encontrarás en algún lugar dentro de las páginas físicas o virtuales de este Opus Magnum en constante expansión.

Te agradecemos tibiamente por leer este libro.

Aclaración

xv

Todos los errores referidos a la gramática han sido conscientemente hechos.

Todos los probables aciertos han sido inconscientemente realizados.

El error es la prerrogativa de los humanos.

Solo al supra-humano le corresponde el privilegio de estar en lo cierto a pesar del error aparente.

Evolución revisada

Cautivados por la maravilla emanante de la obra maestra *Opus Magnum*, en la cual nuestro amado Radamés Washington "π" Funes Da Silva ha contribuido varias líneas destinadas a cambiar los rumbos errantes de la humanidad toda, compartimos ahora la subsección treinta y siete acerca de las notas a pie de página[1] del capítulo vigesimocuarto de tal opus eterno:

---

1   No puedo evitar formular una profunda pregunta que involucra a toda la comunidad anglófona: si el término *pie de página* se refiere a esas anotaciones al final de cualquier hoja escrita, destinadas a completar un tema previamente mencionado, ¿cómo deberíamos referirnos a aquellos poemas, novelas e incluso listas de compras que nosotros, algún día, acaso querremos escribir sobre nuestro mismísimo pie derecho o izquierdo? ¿Puede algo escrito en el trasero (*bottom*) de alguien ser considerado acoso? ¿Cuáles son los límites que separan a un hecho o acto artístico de un desesperado hecho o acto sexual, con toque incluido? ¿Es acaso un escritor o copista digno de ser considerado un pervertido por escribir pies de página sobre el trasero (*bottom*) de la hoja? (N. del T.)

Según el errático juicio del inminente pero no por ello menos eminente mas no tan prominente[2] improbable ganador del premio Nobel de física, matemática y antropología, experto en *haute cuisine*, dotado hacedor de helados, horticultor y paisajista, Dr. Mortimer Mauser Münster PhD., M.A., quien además es un extravagante millonario amante de curiosos automóviles *vintage*, dulcero como Hänsel y pirómano como Wilhelm Grimm, la actual especie humana no descendería de los monos sino que nuestro primordial origen podría ser encontrado en la mismísima existencia de esos míticos roedores que hoy cariñosamente llamamos ratones; según sus extravagantes elucubraciones, Mickey sería nuestro entrañable Adán y Minnie, la traicionera Eva.

El Doctor M siguió su personalísimo y empírico método de observación proto-científico, el cual había sido soñado y conjurado en una tormentosa noche de verano durante su decimosegundo año en este planeta Tierra. Desde que hubo escuchado por vez primera algunos confusos conceptos acerca de la teoría darwiniana a sus once años, se transformó en un hombre con una misión (y obsesión): demostrar que el barbado colega científico

---

2 Pocos seres pueden considerarse tan coquetos como nuestro descrito hombre de ciencia, quien siempre seguía estrictamente una apropiadísima dieta mediterránea, a pesar de su celiaquía y las obvias – por ende constantes – evacuaciones acuáticas.

estaba equivocado. Mas no era la opinión de Darwin acerca de la supervivencia del más apto y la descendencia humana de los simios que molestaba a nuestro trastornado hombre de ciencia; lo que realmente le provocaba desprecio a Münster era el cráneo pelado de Charles y la barba extremadamente larga. Podemos leer en algunas cartas escritas a su primo Joacob Petreus, que a la postre jamás fueron entregadas, que: *Realmente odio a ese pirata naturalista. También es cierto que detesto su apariencia y su larga barba pechal, la cual creo que solamente está allí para crear un efecto simiesco sobre todos esos desdichados que están obligados a mirar y sufrir su estilo Papanoelesco.*

Durante su primigenio período de observación, el cual fue llevado a cabo en su aquel entonces pequeñísimo pueblo originario de Casablanca que, dicho sea de paso, hoy se ha transformado en una de las más espléndidas urbes de Marruecos, provocando no solamente un impacto socioeconómico en toda la región mas algún que otro sobresalto moral debido al cambio de sexo que necesariamente tuvo que haberse producido – pues pasó de ser *pueblo* (masculino) a *urbe* (femenino) –, él (y cuando escribimos *él* nos estamos refiriendo al Dr. Mortimer Mauser Münster Ph.D., M.A.) notó en primer lugar que los hombres descendían tanto de caballos como de asnos, no obstante que la fisicalidad mecánica involucrada en tal movimiento de abandono animalesco parecía ser, según su percepción en aquel entonces, de una naturaleza azarosa. En este punto es necesario aseverar que cuando escribimos *tanto de caballos como de asnos* no es nuestra intención afirmar que estos hombres en efecto eran capaces de descender *al mismo tiempo* de ambos animales; por supuesto, esto debido a la imposibilidad de montar (ergo de bajar de) dos *equidae* a la vez.

Entonces, por el momento, sus observaciones probaban no solamente lo equivocado que estaba Darwin, sino que también era un hombre barbado y simiesco que seguramente apestaría: la humanidad toda descendía de los caballos y asnos, y no había señal alguna de simios, monos o Papás Noel.

El Dr. M estaba apenas comenzando a elucubrar en su mente semejante idea rompedora de barbas – mientras continuaba intentando encontrar durante eternas noches el eslabón faltante o perdido entre aquellos equinos y nosotros –, cuando un inesperado medio de transporte hecho a fuerza de ruedas y madera hizo su revolucionaria entrada; esas criaturas que alguna vez ignoraron habitar el originario trono inmortal de la humanidad eran ahora el poder frente al vehículo amaderado que, por el momento, estaba condenado a volverse nuestro mismísimo ancestro primordial. Los carruajes se volvieron el objeto de su ferviente estudio obsesivo; mas la realidad demostró una vez más ser mayor que la mente (y boca) de cualquier erudito.

Luego del período imperialista y subsecuente occidentalización del país, y como consecuencia del mal concebido movimiento luchador por la igualdad de género que transformó la ciudad africana para siempre, se les permitió a las mujeres – que de a poco comenzaban a copiar las peores características de eso que comúnmente se equipara con lo masculino – viajar en los novísimos autobuses franceses que de repente inundaban las calles de la ahora pujante Casablanca; humanos de todo tipo comenzaron a descender de un único objeto móvil, transformándose así en una nueva criatura viviente y ocupadora del trono originario... como alguna vez lo fueron los caballos, asnos y carruajes: *le bus marocain* era el último simio posdarwiniano.

Semejante metáfora pictórica convenció al joven héroe de la perfección de su idea: el todo de la población compartía un antepasado común, un origen compartido que transformaba a todos en iguales, en pares. Pero el dinero siempre encuentra su camino hacia el laberinto corrompedor, y esta revolucionaria idea estaba a punto de ser forzada a un exilio olvidado.

El capitalismo comenzó a anidar en lo que alguna vez fue el humilde pueblo nativo del Dr. M (por las dudas de que hayan olvidado su nombre completo: Dr. Mortimer Mauser Münster PhD., M.A.) y un nuevo ancestro insospechado e inintuido irrumpió en escena; ahora parecía que tanto hombres como mujeres descendían de algo que en efecto lucía como l*e bus marocain* pero *petit*. Un vehículo más pequeño y veloz, cuya denominación fue pronto aprendida por el pujante científico: aquellos pequeños autobuses eran llamados *voitures* o autos, si así lo prefieren.

A pesar de sus abnegados y heroicos esfuerzos en intentar invalidar su teoría-en-constante-mutación, aún no podía encontrar ni siquiera un rastro de hombres – o mujeres – descendiendo de monos, simios o cualquier cosa que al menos se pareciese a Papá Noel o eventualmente a su trineo regalón. No obstante esta flagrante contradicción, el tenaz científico mantuvo un ojo siempre atento; pero lo más cercano que jamás logró observar en relación a los monos o simios o cualquier otra cosa al menos ligeramente emparentada con la teoría darwiniana fueron hombres cabalgando y descendiendo (no al mismo tiempo, por supuesto) de asnos, caballos, camellos, dromedarios e incluso perros, por no mencionar el eventual gato gigante; mas ni un ejemplo viviente que involucrase a nuestro supuesto peludo ancestro comedor de bananas y demás hierbas.

Incluso consideró la posibilidad de que la completa historia de la biología evolucionista pudo haber sido reducida – condenada – a un error tipográfico: ¿y si Darwin quiso escribir *bu-*

rros (*donkeys* en su versión inglesa), mas debido a un inocente *erratum* la palabra *monos* (*monkeys* en inglés) fue eternizada? ¿O acaso hayan sido los tempestuosos mares australes los culpables de semejante fallo escritorial?

El Dr. M supo, luego de haber explorado todas las posibles explicaciones lógicas y sus permutaciones, que tenía que abandonar su ahora ciudad originaria llamada Casablanca para así poder ver con sus propios ojos si allí existía, en el amplio mundo inexplorado, cualquier otro probable ancestro del cual la especie humana podría haber primigeniamente descendido.

Por vez primera, desde que posó un pie en territorio español, estuvo casi convencido de que nuestro primer y único origen era ese gigante aparato flotante que lo había transportado hacia la costa del Levante; nuestro ancestro tenía un nombre y ese era *Santa Isabel la Católica*. El barco como comienzo primordial de la humanidad no solamente tenía sentido con su yo científico, mas lo reconciliaba con su máscara religiosa; el arca de Noé era la fábula que unía a todas las piezas desperdigadas sobre el tablero de su mente y por ende también el de su vida; un recipiente flotante, una matriz navegando las eternas aguas de la existencia en constante renovación que continuaba portando a la humanidad hacia esta orilla, que nosotros llamamos tierra. Nuevamente, la metáfora tenía sentido: somos animales, proyectos que necesitan ser completados. Nuestra tarea es buscar a nuestro propio Noé, quien nos espera en el mundo material, para luego encontrarlo aquí dentro, en nuestros corazones: así en el cielo (fuera) como en la tierra (dentro).

Sus días de felicidad, poblados con sueños de gloria, encontraron un abrupto final cuando un estruendoso ruido proveniente del cielo estremeció sus ondas lógicas: al principio creyó que el fin del mundo se estaba acercando; luego, que un simio gigante lo perseguía con la intención de destruir su glorioso descubrimiento para que así su raza monera pudiera regir como los antepasados de la humanidad y también proteger la reputación de Darwin. Desafortunadamente para él y la historia de la ciencia toda, estaba fatal y vergonzosamente equivocado: aquel ruido era el desafinado canto de un 747 a punto de aterrizar en Barajas, el aeropuerto internacional de Madrid.

La prueba final – o al menos eso es lo que creyó en aquel entonces – surgió nuevamente a través de sus empíricos sentidos de la vista y audición: todos nosotros, bebés, ancianos, mujeres, adolescentes e incluso gente de raza negra u oscura, descendían del aparato alado. El Dr. M estaba ya convencido de que había alcanzado la cumbre de su exploración científica, aun cuando significaba el final de la coexistencia armónica con su arista o máscara piadosa.

Su ego voló entonces tan alto como lo hacía ya su nueva apajarada obsesión acerada.

La metáfora era nuevamente perfecta: lo que Dédalo e Ícaro no pudieron realizar, fue logrado por la bestia metálica; volar tan alto como el sol y acariciar intrépidamente los mares celestiales para así demostrar ser un digno ancestro del hombre.

Pero, ¡ay!, no es recomendable tener ciertos pensamientos… al menos no lo es para hombres pasionalmente obsesionados e inestables como el Dr. Mortimer Mauser Münster Ph.D., M.A. Como fatal consecuencia de su postrera intuición ancestral y la ansiedad por demostrarla correcta, varios sujetos inocentes – que habían sido minuciosamente convencidos acerca de los méritos de su novísima teoría evolutiva – encontraron su desdichado fin luego de haber sido empujados desde diversos y mortales acantilados europeos. Cuando llegó su turno, afortunadamente (o no) nuestro hombre de ciencia eligió saltar desde la espalda de Jimmy Cliff[3]; cosa que resultó inocua para su bienestar físico mas eventualmente mortal para su alada y voladora teoría. Poco importaron los fallidos intentos de buscar una presencia mitológica – que acaso salvase la inevitable ruina – en la ópera de Wagner *El holandés errante*. Sin embargo, la preguntaba continuaba acosándolo: si los hombres blancos pueden

---

3   Un trivial juego de palabras nos fuerza a crear esta nota a pie de página: el apellido del famoso músico significa acantilado o peñasco en inglés.

saltar, ¿por qué no podríamos también nos, los dignos descendientes de aquellas aladas bestias de acero?

Un agridulce contento se entremezcló con la satisfacción del avance científico; su yo religioso necesitaba reconciliar ambos mundos. Podía soportar el acoso de una pregunta evolucionaria, mas necesitaba el pegamento que eventualmente mantendría unidos a ambos yoes. Miles de famélicas horas fueron desperdiciadas en los archivos del Vaticano: no había registro alguno que proveyese al menos una magra evidencia de Noé construyendo o diseñando un avión.

Obsesionado con la ahora divinidad alada e incapaz de abandonar las instalaciones aeroportuarias una vez llegado de Roma, fue hipnotizado aun más por su lema metódico: *Cosmon specta*. Su destinación obvia fue la prisión, visitando brevemente el *Hospital de la Almudena* para ser alimentado intravenosamente. Varios meses transcurrieron, mas desafortunadamente para el Dr. Mortimer Mauser Münster Ph.D., M.A. estos no volaron… sino que se arrastraron penosamente como el jugador que abandona el campo al ser sustituido en tiempo de descuento durante un cotejo de balónpie.

La libertad demostró ser una meta nada sencilla; eventualmente se transformó en una realidad una vez que su pediatra se trasladó desde Casablanca hacia Madrid para brindar un completo informe, no solamente de sus propios padecimientos mentales y tendencias narcisistas sino también los de su paciente, el ahora encerrado Dr. M... de las cuales el escritor de esta mismísima historia no estaba al tanto hasta este preciso momento: ¡Puta madre! ¡Este tipo estaba totalmente loco! ¡Y el pediatra también![4]

Luego de una breve deliberación burocrática, la cual comenzó cuarenta y siete días antes de que un arreglo pudo finalmente ser alcanzado, la Guardia Civil aceptó liberar al aquel entonces adolescente y futuro Dr. M, no sin antes forzar a Maryam y Youssef – los padres de nuestro protagonista – a ingresar a su único hijo en una clínica psiquiátrica. Esto fue cumplido al pie de la letra, y luego de diez dulces sesiones de electroshock llevadas a cabo en el *Asilo Científico Mental de Casablanca*, el intrépido y curioso hombre de ciencia era un renacido ratón... digo, un renacido hombre.

Todo rastro de sus dolencias pasadas lo habían ya abandonado; sin embargo, nada podía hacerse para amainar una pasión tan fulgurante como la suya, y ningún alma podría haber previsto la influencia que su propio ego fragmentado aún tendría en sus futuras investigaciones científicas.

---

4 Debido a semejante percatación, el escritor en cuestión decidió renunciar citando razones morales y éticas. Las inconsistencias y cambio de rumbo que ocurren a partir de esta nota se deben justamente a esta peculiar circunstancia.

Lenta mas incesantemente, comenzó a retomar la senda ratonera.

Con la intención de alimentar y demostrar tal aventurada teoría, develó recientemente – tanto para el público general y la comunidad científica toda – una colección personal de *papers* y documentos que reflejan su monástica labor llevada a cabo a lo largo de pasionales cuarenta años, los cuales incluyen análisis del ADN de miles de especias como el cardamomo, el clavo de olor y el orégano. Por supuesto que el desclasificado dossier también incluye las completas secuencias del ADN pertenecientes a millones de razas, variedades y tipos diferentes de ratas, ratones y otros roedores; y solamente porque le quitaría poquísimo tiempo de su ocupadísima agenda, también analizó la estructura molecular y ADNística de la exquisita *mousse de chocolate* que ocasionalmente disfrutaba en el Churchill Club, ubicado en la rue de la *Meditarenée* de su amada Casablanca originaria.

Es digno mencionar que su personalísima tenacidad y determinación le ayudó a descubrir, casi por completo (97%), el mapa genético de los quesos más exquisitos que jamás hayan sido probados por hombre, mujer o ratón alguno.[5]

---

5 Si encuentras confort en incluir todas las permutaciones de género y sexuales en esta pequeña enumeración, querido lector o lectora o neutro: por favor, hazlo.

Tal como se esperaba, estos aventurados teoremas e investiga-declara-ciones han despertado acalorados debates en los claustros eruditos alrededor del mundo, incluso en aquellos países que sufren temperaturas realmente bajas. No solamente el trabajo del Dr. M estaba bajo fuego, sino que otras insospechadas víctimas pagaron el precio debido a su mera existencia: gatos siameses, todas las razas y variedades de ratones conocidos hasta la fecha; todos los tipos, razas y especies de roedores que aún esperan ser descubiertas; y las familias completas de Mickey Mouse, Speedy González, Tom, Jerry y Silvestre. Todo el amplísimo espectro de epítetos[6] despreciativos resonó en los principales Auditorios de Harvard, Columbia, UCLA, Princeton, Kingston, Dartmouth, y las grandiosas y antiguas universidades europeas.

Forzado a enfrentar este tsunami de insultos y abusos verbales, el Dr. M se sintió compelido a brindar una entrevista exclusiva en la cual explica los puntos fundamentales y básicos sobre los cuales está construida su teoría:

"Supe perfectamente de antemano que *controversial* sería el adjetivo común a ser utilizado

---

6   Ambos absolutamente obsequiosos y ultra peyorativos. El último jamás registrado encontró su origen en el cerebro, se deslizó a través de su lengua y fue expelido por la acuosa boca del matemático griego Tito Rodríguez durante una charla con la BBC. Dijo: "Patán". Luego aseguró ignorar el significado de tal palabra.

– y abusado – cuando la gente fuese a hablar acerca de mi teoría; pero simplemente apelé al ratón interior que todos llevamos dentro para poder dar a luz[7] a uno de los mayores y más importantes descubrimientos de la historia humana. El sentido común es mi guía; no hay hombre, mujer o infante que pueda proclamar honestamente que le disguste el queso. Esta es una prueba irrefutable que muestra con prístina claridad que compartimos con los ratones mucho más que nuestros dientes frontales superiores.

"Por supuesto que he escuchado el argumento que apunta a la senda frutal: precisamente al hecho de que también todos amamos las bananas, y que tal preferencia nutritiva podría bien ser utilizada para reforzar la teoría de Darwin. Pero conozco un par de especímenes humanos que parecen *no* saber a través de cuál orificio tal fruta debería ser ingerida; ello es, para mí, una prueba irrefutable que nos desata de aquellos barbados primates.

"Ahora, volviendo al asunto quesero: comemos queso, disfrutamos queso y algunos individuos particulares como yo... nos excitamos con el queso. Amamos al queso; y lo fabuloso del asunto es que no tenemos que

---

7 Recientemente hemos descubierto cuán celoso estaba el Dr. M de las mujeres y su privativa experiencia de dar a luz; siempre fantaseaba con ser capaz de vivenciar ese evento milagroso como la pujante e indiscutida estrella.

usar preservativo; y luego de las actividades amatorias puedes comerte a tu amante. También hay poesía en este acto: todo lo que es, todo lo que existe, apunta a retornar a su origen... y así sucede con nuestra láctea sustancia sexual, la cual vive para morir dentro del queso que amamos, que anhelamos, que comemos. No puedo resistir esos promisorios agujeros que el *Gruyère* me ofrece pleno de sensualidad. Puedes ver claramente (le comenta al entrevistador) cómo mi cuerpo reacciona de inmediato cuando hablo acerca de ese divino producto lácteo.

"Tenemos experiencias místicas con el queso: ¿quién no ha sido conducido lejos de la *matrix* después de probar un fuerte *Camembert*, un presuntuoso *Gouda*...? ¿Acaso el maestro Jesús no multiplicó los quesos en el mercado? Creo con firmeza que no es mera casualidad el hecho de que la esencia de nuestras extremidades inferiores, las cuales nos soportan y conectan con nuestra *pacha mama*, con el reino de los sueños y con la vida misma en sus estados naturales, estén tan relacionados con el aroma del queso[8].

"Recurriré a una cita del gran Karl Marx, quien dijo que *el balónpie es el queso de los pueblos*... ¿o dijo que *el queso es la religión de los pueblos*? ¿Puede ser que haya manifestado

---

8   Debemos asumir que el lunático científico solía dormir *alla* Batman.

que *la religión es el queso de los pueblos*? O mejor dicho: ¡*el opio es el queso de los pueblos*! Este tipo de consignas, frases inmorales que se quedan merodeando eternamente en el inconsciente colectivo, apuntan a una oculta verdad oscurecida por el poderoso lobby de la industria bananera, la cual nos hace continuamente creer que descendemos de los monos.

"Permítanme compartir con ustedes una encuesta recientemente publicada, la cual muestra que el queso es, por lejos, el alimento preferido en todo el mundo: el 98% de los terrícolas aman el sabor del queso, mientras que apenas un 21% disfruta de las bananas. ¿Más datos? Napoleón Bonaparte era un adicto al queso. En una de sus múltiples memorias sin publicar escribe que *Veo al mundo como un queso que está esperando ser conquistado y mordido, un precioso Roquefort en el cual hincaré mis frontales dientes de roedor... ¡hic!* Richard III exclamó: *mi reino por una mordida de Gorgonzola. Ser o no ser, ¡esa es la Fondue!*, dijo Hamlet a través de la pluma del Bardo, quien en ese mismo momento pensaba qué cazuela de fondue debía comprar; aparentemente el Día del Ratón se avecinaba y Will Shake quería homenajear a sus amigos escritores, sorprendiéndolos con un festín fonduístico[9]. Podría nombrarte al menos miles

---

9 En esta particular ocasión, no era una verdadera Fondue; de todas formas, dadas las cantidades de invitaciones enviadas por William, bien podría haber sido una Fon*dieux*.

de casos similares, pero la verdad está allí fuera solamente para ser ignorada."[10]

Entre otras ventajas, esta teoría brindaría una plausible explicación acerca del inusual mas comúnmente aceptado éxito que el ratón Mickey ha tenido en el mundo. Walt Disney podría haber formado parte de la *Loggia* masónica *Caseus Rex*, circunstancia que pudo haberlo ayudado a eventualmente ganar (y utilizar) un apoyo privilegiado para así poder obtener información clasificada que a la postre resultaría crucial para la edificación y el éxito de su imperio del entretenimiento, el cual no sería más que una cortina de humo que le permitió – y aún lo hace – implantar en nuestras mentes la idea del origen roedor de nuestra humana especie.

El proceso identificatorio entre nos los humanos y el pequeño y simpático ratoncillo ha sido previa y precisamente descripto por el mismísimo Aristóteles, cuando utilizó la palabra *katharsis* o catarsis (κάθαρσις en el original griego). Si bien es cierto que el

---

10 La entrevista fue editada por una mano cándida y amateur, dejando en el aire un ligero aroma a censura. Acaso el Dr. M haya manifestádose en contra de las grandes corporaciones multinacionales como también de los gigantes conglomerados de bancos, los cuales para él son culpables del estatus ilegal que sufren actualmente los tipos de quesos más duros, cuyos precios continúan en alza justamente debido a su ilegalidad. Ergo, es lícito preguntar: ¿quién se beneficia de esta situación?

gran filósofo jamás explicitó el verdadero contenido de tal palabra, es fácil tomarla por su significado más popular y aplicarlo a la genial investigación del Dr. M: purgación, purificación, clarificación; estos son algunos de los conceptos apegados a la *katharsis* o catarsis. El mismísimo fenómeno que ocurre gracias al poder del drama y la tragedia teatral. Tal como uno es purificado al ser un espectador de Sófocles, *Hamlet* o *My Fair Lady*, lo mismo ocurre cuando disfrutamos algunas de las exquisitas aventuras del ratón Mickey y sus queridos amiguillos; nos conecta, nos une con nuestro verdadero origen. Nos ofrece confort, alivio y un lugar seguro para nuestras lágrimas de risa o de llorosa tristeza. Si *Edipo Rey* es la revivificación de ciertas experiencias pasadas de nuestras vidas, si Desdémona nos recuerda a nuestra madre o Elektra a una hija huraña, es precisamente a través de este caos emocional del cual emergeremos limpios y libres de aquellos sentimientos esclavizadores. Tal es el mecanismo que opera tan efectivamente en nuestro subconsciente cuando alegremente miramos un dibujito animado del ratón Mickey... mientras en simultáneo percibimos esa cercanía ancestral y cuasi paternal.

No estoy seguro quién, mas alguien verdaderamente importante y sabio dijo que *el conocimiento es apenas remembranza*. El *anima*, antes de ingresar a este reino, cruza a través del río Lete enjuagando así todas las memorias acumuladas, las cuales habrán de ser excitadas – y re-invitadas a nuestras mentes – por un elemento mundano cualquiera que entonces oficiará como un disparador de dicha remembranza… ergo conocimiento; en este caso, un simpático ratoncillo despierta nuestra memoria y nos toca en nuestra más íntima reconditez emocional. Si eres por demás afortunado, y te atraen las experiencias rompedoras de leyes, quizá haga algo más que simplemente tocarte; asegúrate de tener un par de billetes de cien en tu bolsillo trasero izquierdo. Y por supuesto, asegúrate de estar usando un pantalón.

Él, el ancestral Mickey, nos conduce hacia nuestro mismísimo origen terrestre; él es el recipiente de memorias pretéritas.

Esta teoría también provee abundantes olas de alivio para todos aquellos progenitores, profesores y psicoterapeutas que han sido incapaces de encontrar una explicación razonable al creciente problema (y reciente, sobretodo en países del primer mundo) de imberbes jovencillos que, sintiéndose excitados sexualmente, se dedican a fervientes actividades masturbatorias bajo la musa de Minnie, la bella, hermosa, sensual y tremendamente sexy novia de Mickey; lo que los psicólogos hoy etiquetan como un mega-súper-mítico-complejo de Edipo.

La controversia está servida, con un exquisito aderezo a base de *parmiggiano*.

Las acotaciones finales del Dr. M expresan que:

"Miles de clubes, discos, saunas, farmacias, kioscos y otras asociaciones clandestinas donde los mejores, más puros – y duros – quesos pueden ser hallados, serán regulados y legalizados en menos tiempo del que lleva morder un M&M luego de haber jurado que lo dejarías derretir en tu boca. En un insospechado mas cercano futuro seremos capaces de liberar nuestras colitas, dejar que nuestros bigotes crezcan abundantemente y usar el disfraz de nuestro ratón favorito o el arquetipo de nuestro árbol familiar de acuerdo a nuestra secuencia de ADN, para así disfrutar de una vida liberada del tabú que hoy nos oprime.

"Mientras tanto, a lo largo de los más prestigiosos laboratorios del mundo, cientos de experimentos muy precisos están siendo llevados a cabo con la intención de determinar nuestro verdadero origen. La imparable batalla ha comenzado: Simios versus Ratones. Que el más apto sobreviva."[11]

El Dr. M ruega prudencia ante el surgimiento de noticias acerca de cruentas torturas y sacrificios rituales de todo tipo de gatos, y la inminente

---

11 El cineasta y excéntrico norteamericano Tim Burton afirma ignorar toda posible conexión entre su innecesaria remake del *Planeta de los simios* y este asunto.

prohibición de poseer felinos domesticados en cada gran metrópolis de este insano planeta. Filtraciones desde el Pentágono indican que el Gato con Botas podría estar planeando un viaje (solo ida) rumbo a una indescubierta isla que sería parte del archipiélago Mahaiueppo, ubicada a unas ochocientas leguas de Nueva Zelanda.[12]

La historia toda de la humanidad, a un ratoncito de cambiar para siempre.[13]

Es con gran tristeza que informamos a nuestros admirados lectores que el Dr.

---

12 El filólogo español Rubén de las Moras, inspirado por sus viajes alrededor del Río de la Plata, demuestra ser un gran campeón defensor de la causa del Dr. Mortimer Mauser Münster PhD., M.A. en su libro *Sexualidad y lunfardo rioplatense*, en el cual observa que en el típico argot porteño de Buenos Aires, un gato es una mujer que inspira – entre muchas otras cosas – ciertas fantasías sexuales dentro del mundo masculino. Esto, escrito en un rudo castellano, sería *hacerse los ratones*; tener pensamientos sexuales o fantasías con, por ejemplo, este gato-prostituta-fémina. Aparentemente, el objetivo de este gato sería no solamente dejar descentavado a este inocente hombre, sino además destruir aquellos ratoncillos (fantasías) que han brotado en la mente de la pobre víctima masculina a merced de la pulsión evolutiva de la vida; el control ejecutado por la felina mujer sobre nuestra propia ratoneada es la única causa de la debilidad masculina enfrentada a la potencial copulación. Uno también podría imaginar cuán sexy sería observar cómo el queso es fabricado dentro de la boca de esta mujer-felino, sirviéndose de nuestro propio ingrediente lácteo.

13 El Dr. M estaría seguramente encantado con el nombre de ese pequeñito aparato que brinda una ayuda invaluable en el uso de la computadora. En lo que seguramente podrían haber sido sus propias palabras, es una hermosa metáfora el llamar *ratón* a lo que eventualmente lanzó a la humanidad hacia la computadorizada era de internet. (Ed.)

Mortimer Mauser Münster Ph.D., M.A fue encontrado sin vida en el interior de una Pitón de setenta y cuatro metros de longitud. Reportes policiales sugieren que la mortal serpiente confundió a nuestro loco científico con un ratón; aparentemente el Dr. M estaba a punto de dejar su guarida para asistir a una reunión privada en Orlando, Estados Unidos.

Creatividad

La originalidad, así como el azar, es una de las formas adoptadas por la ignorancia: una conexión insospechada...

Olvido.

Evangelios

En este tiempo presente evitaremos las previas overturales y pomposas demostraciones que solían adornar a nuestras propias transcripciones del *Opus Magnum*, en parte debido a una cierta falta de creatividad y también a una incierta vagancia; es por ello que apenas habremos de citar un par de palabras de nuestra propia afable guía literaria, las cuales seguramente servirán el mismo propósito que el abandonado barroquismo pomposo.

Si usted, querido lector, desconoce aún el tema al cual apenas nos hemos referido… ¡busque! Es precisamente por esta razón (amén de muchas otras) que se ha dicho: *Busca y encontrarás; y si no encuentras es porque tú no sabías lo que estabas buscando; pero si tú sabes qué es lo que estás buscando mas no puedes encontrarlo, probablemente ignores que tú solamente crees poseer ese conocimiento y como resultado realmente no sabes qué es lo que estás buscando, por lo tanto no serás capaz de encontrarlo; o quizá no sepas que ya sabes qué es lo que estás buscando, y tal cosa está frente a tus narices.*[14]

En Marcos 5, 1-20, leemos (es más que una frase hecha dado que si no lees la citada porción bíblica, no serás capaz de entender el relato que sigue; por lo tanto, recomiendo fervientemente que te acerques a una Biblia, que la tomes con tus propias manos y leas las referenciadas palabras de Marcos. En caso de que no fueres capaz de leerlas, sea debido a una ceguera o a un vergonzante analfabetismo, puedo simplemente decirte que te vayas a la mierda, dado que no serás capaz de leer mis insultos *je je je* [risas]; pero si eres perfectamente apto mas sucede que no tienes una Biblia en casa, por favor consigue una o pasarás una eternidad en el Infierno. Si no puedes darte el lujo de comprar un ejemplar, tienes derecho a robarle [ten en cuenta que sólo serás perdonado de tal pecado si apenas tomas la justa cantidad para comparar una edición de tapa dura del Rey Jacobo, nueva y en una librería de barrio] a la primera persona que se te cruce, y luego sí comprar una. Si esa víctima resultare no tener dinero, entonces tendrás derecho a robarle a la segunda persona que se te cruce: solamente después habrás de compartir una porción del botín con la primera víctima fallida [esto, por supuesto, si es que finalmente terminas robándole al segundo transeúnte propuesto; en caso contrario, las cifras han de alterarse para acomodarlas a la realidad. Siempre el botín deberá ser compartido con todos aquellos que a pesar de no haber tenido un centavo

---

14 Podría añadirse que *Si supieras qué es lo que estás buscando, entonces seguramente no estarías leyendo esto pues ya estarías ocupado con aquello que has encontrado.*

padecieron el fallido intento hurtador] para recién ahí sí comprar la Biblia. Si el necesario Libro Sagrado está en casa, deja de leer estas líneas [sin embargo, intenta alcanzar al menos el final de esta oración] y continúa una vez que estés dentro de tu hogar. Si cumples con todos los requisitos necesarios y aún no puedes leer las palabras de Marcos, procede por favor a abrir la Biblia. Para aquellos que poseen únicamente una mano y aún disfrutan de la presencia de la diestra, por favor, hagan como puedan; pero si revés al es, deberían utilizar la mano izquierda para estudiar el concierto para piano y orquesta en Re Mayor de Mauricio Ravel) algo acerca de unos cerdos y Jesús.

(Líneas faltantes)

(Líneas faltantes)

(Líneas faltantes)

He decidido, luego de algunas líneas de deliberación, compartir las palabras de Marcos, mas solamente para los ciegos, los analfabetos y aquellos que intentaron acatar mis reglas pero que aún no han podido encontrar una Biblia apropiada, sea debido a cuestiones karmáticas u otras.

Y ellos vinieron hacia el otro lado del mar, dentro del país de los Gerasenos. Y cuando él hubo bajádose del bote, de inmediato un hombre salido de las tumbas fue a su encuentro con un espíritu impuro, quien tenía su morada en las tumbas: y no había hombre que ya pudiera amarrarlo; no, ni siquiera con una cadena, pues él lo había sido usualmente con grilletes y cadenas, y las cadenas fueron separadas por él, y los grilletes destrozados: y no hubo hombre lo suficientemente fuerte como para domarlo. Y siempre, noche y día, en las tumbas y en las montañas él gritaba y se cortaba con piedras. Y cuando vio a Jesús a lo lejos, corrió y lo adoró; y llorando desconsoladamente y gritando, dijo: "¿Qué he de hacer contigo, Jesús, que eres el Hijo del más Altísimo Dios? Te lo suplico por Dios, no me atormentes". Pues él le dijo, "Sal, vete, espíritu impuro, del hombre". Y le preguntó, "¿Cuál es tu nombre?" Y él le dijo, "Mi nombre es Legión, pues somos muchos". Y mucho le rogó para que no lo enviara lejos, fuera del país. Entonces había sobre la ladera de la montaña una gran piara de cerdos alimentándose. Y le rogaron a él, diciendo, "Envíanos dentro de los cerdos, para que así podamos ingresar en ellos". Y él lo otorgó. Y los impuros espíritus salieron, y entraron en los cerdos: y la piara presurosamente se despeñó rumbo al mar, en número cercano a los dos mil; y se ahogaron en el mar.

Por supuesto que continúa por un par de versos más, pero estos son los que por el momento importan: recuerda que todo es acerca del Nazareno y los cerdos.

La incesante consumición ojística[15] llevada a cabo por nuestro afable y abundante cuate llamado Porky[16] encendió en su animalidad una cierta indignación, la cual en última instancia inspiró sus memorias, intituladas *La fétida y tartamuda vida de un loco dibujito animado*. Su ambicioso trabajo abarca un período de unos setenta años (o más) de existencia animada; mas dicha tarea precisaba de toda la ayuda posible. Porky fue amablemente acompañado por tres pequeños cerditos que el lector será naturalmente capaz de ubicarlos en la Historia de las Fábulas, precisamente dentro de los dominios de *Los tres cerditos*.

Abriendo el libro azarosamente, leemos:

Pasmado es la palabra que acertadamente describe lo que siento al leer y releer aquello que

---

15 Radamés fue tocado por su primera (y acaso última) inspiración, lo que lo condujo a forjar su genial expresión, la misma que ha causado la existencia de esta mismísima nota a pie de página. Luego comenzó a trabajar a través de *ojística* y sus subsecuentes variaciones con la loable intención de sutilmente transformar la total esencia del lenguaje para que finalmente semejante invención-creación-inspiración permita o licencie una economía de palabras que él sentía que era de una suma esencialidad. Solía repetir durante sus caminatas matinales: *Más con menos*; *Ahorrar en extensión para ganar en expresión*. O como lo dijo Giulio Cesare: *Cum Voce Maxima Minimum Tractus*.

16 Aquí no hay connotación mexicana alguna. Si bien es cierto que algunos historiadores sí preguntaron con honestidad si Porky pudo haber asumido el rol de traidor, tal como Judas lo hizo con Cristo; o el rol de héroe según las *Tres versiones de Judas* compuesto por el desconocido Nils Runeberg y escrito por la genial mente de nuestro sombrío Borges. El purgatorio para todo mal. El Cerdo Catártico, como lo habría llamado Aristóteles de haber alguna vez tenido la chance de leer esta obra maestra.

mis trémulos ojos se niegan a aceptar como verdad: Dios, nuestro Padre, axis de la Santísima Trinidad a través de su sacrificado hijo, segundo en la escalera trinitaria, abiertamente nos desprecia como cerdos al transformarnos en un maligno receptáculo de los funestos espíritus, para luego ser arrojados al mar.

A pesar de haber investigado exhaustivamente mi árbol genealógico, no pude encontrar relación sanguínea alguna que uniese a aquellos muchachos accidentalmente suicidas; hecho que ni me impide o impedirá sentir cierta simpatía, empatía e incluso apatía también[17] por esos cerditos de segunda clase. Sin embargo, debo admitir que siento una especie de afecto instintivo, casi como si fueran primos lejanos, para con mis tres estimados chanchitos que ya son parte de un cuento inmortal y cuyos nombres no revelaré debido a cuestiones de seguridad: Jean Paul, Ludwig y Eusebio; más que primos lejanos, son como primos hermanos para mí.

Pero antes de renunciar a mi religión Católica Apostólica Romana, la cual fue proclamada por Flavius Valerius Aurelius Constantinus Augustus, he escrito algunas líneas a mi colega

---

17 En ocasiones, cierta bipolaridad es claramente manifestada por el mismo autor; en otras, es efectivamente manifestada a través de la autora... aunque podría admitir, como traductor de esta pieza, que no estoy totalmente de acuerdo conmigo mismo acerca del asunto de la bipolaridad (NdelTBP). NdelTBP: Nota del traductor bipolar.

Pinocho, quien fue recientemente espolvoreado y encendido con ciertos rumores de divinidad. Sucintamente, respondió:

"No tengo nada que ver con ello. No soy Jesús o ninguna de esas locuras de mierda que la gente dice y escribe de mí. Déjenme en paz así puedo masturbarme hasta morir, y no me rompan las bolas con esas pelotudeces religiosas".[18]

Confrontado por tal escasez de palabras, consulté con el Prior de la *Orden de las madres más sagradas del abandonado por la tormenta del día anterior al último miércoles*. Usando su habitual claridad clorídea, explica:

"Mi querido Hermano Romualdo García Pedrosa (el verdadero nombre de Porky): no sucumbas a esos impulsos animalescos que habitan en tu interior, mi estimadísimo. Sería mucho más ventajoso para ti si pudieras leer amorosamente el texto bíblico de Marcos en cuestión, abrazando al estilo alegórico, diseñado para mostrarnos e informarnos de un mensaje que va mucho más allá de las piarescas circunstancias y el cual está incluido en ese mismo Evangelio que citas con fervor.

---

18 Algunos autores, entre los cuales podemos encontrar a Mads Peter Djörgremm, tildan esta frase como falaz, dado que Pinocho no poseía testículos verdaderos sino esferitas amaderadas que solamente existían debido a propósitos estéticos o realistas.

Naturalmente, el Mesías siempre actuó (y así continúa haciéndolo) con una inspiración divina que acaso sea infinita y cuyo humilde margen de error está por debajo del 0.000000000001%[19]. Quizá sería útil que pudieras observar el asunto de la piara cerdera como una gran parábola ofrecida por el Nazareno quien, siendo poseedor del conocimiento de las verdades ulteriores, expulsó al indeseable e indigno (Legión como metáfora de los muchos nudos presentes en la cuerda de Rumi: A pesar de que le hagas cien nudos, la cuerda sigue siendo una) del cuerpo de aquel patético y desdichado hombre, depositando o arrojándolos dentro de los cerditos; no es necesario que te recuerde, dado que es de público conocimiento, los enormes niveles de colesterol que tu raza le transmite a los humanos a través de su estupenda grasa[20].

---

19 Es justo preguntar acerca del uso de semejante porcentaje cuando nos estamos refiriendo al Mesías. El juicio humano es falible *per natura*, aun cuando juzgamos la divinidad de Cristo. Toda percepción humana es débil e incongruente; por ende, uno jamás podría prefigurar la suprema perfección aspiracional. Jesús el hombre estaba expuesto al error, mientras que su costado divino era perfecto y completo; sus poderes (los cuales no eran suyos y eran meras capacidades o herramientas diseñadas para un trabajo específico) solamente sirvieron a su tarea histórica. El resto era humanidad, y falible. Allí yace la razón de la infinitésima cifra sugerida por el Prior, como símbolo de lo inescrutable.

20 Necesario es clarificar que antes del año 1876 era ampliamente creído que la grasa del cerdo era siempre dañina para los humanos sin importar el canal a través del cual el alimento fuese ingerido o introducido. El gran químico y pulcrísimo Witkeck Triufpwert

Fue precisamente esto lo que resultó ser mortal para Satán, una Legión que siempre, desde los tiempos pre-Adámicos, abusó glotónicamente de alimentos ricos en grasas saturadas, focalizando su lujuria masticatoria en las famosas salchichas y chorizos madrileños."[21]

Estas razonables explicaciones amainaron de alguna manera nuestro pesar e indignación. De paso les comento que he logrado que mis primillos retomen su diario régimen de rezos obligatorios (150.000 *Pater Noster* y 67.890 *Ave Maria*)[22] como también las simuladas lapidaciones que siempre me dibujan una

---

descubrió en ese mismo año que la grasa porcina es realmente dañina únicamente cuando se la ingiere o introduce oralmente. Luego de una vida dedicada a la investigación, no logró demostrar que aquellas prácticas bárbaras no-orales eran o son un enemigo para la humana salud coronaria. Por supuesto, no está de más señalar que los credos acerca de la grasa animal como enemiga de la salud cardiovascular están siendo lentamente destruidos por valientes estudios científicos.

21 Una de las ideas más debatidas entre los prominentes intelectuales del mundo teologal es la aseveración que entroniza al actor norteamericano Kevin Bacon como un santo secreto, trabajando en las sombras dentro de los corruptos e infernales círculos internos de Hollywood y actuando como un magneto que atrae a sí mismo todo el mal. Nótese la vibrante relación entre Magneto y el fílmico y ficticio personaje Sebastian Shaw – al cual el mismísimo KB le da vida – que forma parte de *X-Men: First Class*. Tomado de la famosa revista *Movie Freaks and Religious Geeks*, edición de Abril, 2012, pág 56.

22 Según algunos cálculos realizados por un exclusivo grupo de matemáticos de la universidad de Yale, si las citadas plegarias fuesen realizadas por un simple cerdito religioso, tomarían alrededor de 2500 horas por día para el *Pater Noster* y unas 1131,5 horas diarias para el

sonrisa en el rostro; y debo admitir que algunos días expelo algún que otro gas, pues estos hijos de puta pueden ser realmente muy graciosos y loquillos. Por supuesto, han humildemente retomado la sana y recomendable costumbre llamada auto-flagelación, mas únicamente cuando son tentados por la carne y grasa de una apetitosa y putilla cerda cualquiera.

Por mi parte, le estaré eternamente agradecido a nuestro Prior. ¿La razón? Mi esbelta figura y la casi completa ausencia de grasa a lo largo de mi deliciosa chanchidad. No deseo que el Ángel Caído me vea solamente como un hermoso recipiente que apenas existe para ser rellenado e invadido para que así pueda llevarme al infernal horno donde seré cocinado eternamente. Si tal es el deseo del destino, habré de forzar a Legión a ingresar sólo a través de las formas de la naturaleza: no por las orejas ni por la nariz o la boca… y por favor, recuerden que no puedo nadar.

Nota del editor: Fragmento penosamente escrito por Romualdo García Pedrosa, alias Porky, durante una fría mañana de diciembre, bajo un puesto de *hot dogs* ubicado en el Pier 39 de San Francisco.

La fábula *Los tres chanchitos* será analizada, acaso en un probable futuro.

Ave Maria. La pregunta que continúa torturando a los científicos es: ¿cómo se las arreglaban para hacerlo?

23

23 Aún no hay texto para esta nota a pie de página, pero puede que lo haya
    en uno de los futuros inescrutables.

Belleza y técnica

Muchos son aquellos que

Sometidos por sus creencias

Viven como pueden

Menos son aquellos que

Sometidos por sus deseos

Viven como quieren

Aun menos son aquellos que

Sometidos a la vida

Viven como deben

Lo mismo ocurre

Tanto con el arte del canto

Como con cualquier otro:

La técnica que puedes

La técnica que quieres

La técnica real:

Unificación de materia y acción.

Sin condición

Forma

Percepción

No hay lugar

Para el deber

Ni para la técnica real.

Recursos

He aquí una hermosa oportunidad para conocer más acerca de la infancia vivenciada (y sufrida) por nuestro admirado Radamés:

Respetadas autoridades, maestros, conserjes, familias que forman parte de esta increíble institución educacional, conocidos, enemigos, gente a la cual solía conocer pero dado que ha pasado tanto tiempo ya no puedo llamar amigos, amados, odiados, alumnos...

Este es un ejemplo de cómo mi locuaz y... (algunas manchas de tinta nos impiden transcribir con precisión el otro epíteto utilizado) madre solía comenzar sus discursos durante aquellos tiempos míos de color sepia, transcurridos en esos erectos días de la escuela primaria.

Obviamente, cuando digo *solía* estoy siendo por demás generoso, debido a que durante mis años escolares mi madre fue apenas capaz de dar solo uno de esos desastres memorables...

también llamados discursos de padres; poco después de su primer y último intento fallido, fue enviada a una famosa clínica psiquiátrica situada en la Isla de My, luego de la sensata y prudente opinión vocalizada por el doctor familiar, Daniel Scianeus.

Probablemente debido a que el destino en ocasiones nos toma el pelo – violando nuestros deseos y esperanzas –, el hospital psiquiátrico condenado a transformarse en el postrero hogar de mi madre estaba completamente cerrado. Así, abandonada a su suerte isleña, comenzó a remar; mas solamente *después* de haber construido un aparato flotador con la única ayuda de sus propias manos; hazaña que fue obviamente realizada tanto *antes* de que ella hubiese saltado a bordo de la humilde y temblorosa balsa, como del propio remar.

Remó durante días disfrazados de siglos, y remó durante noches de milenaria densitud, hasta que finalmente alcanzó cierta roca de la cual ignoraba que en su totalidad conformaba la Isla de Huatilepasoc: lugar en donde, luego de varias vicisitudes, madre fundó una cadena de supermercados, haciéndose millonaria como resultado de sus aventuras como *entrepeneur*, mas el vicio prevaleció… y el una vez olvidado torrente infinito de palabras reapareció en su boca durante la vocalización que brindó en la apertura de lo que pronto sería la última sucursal de su babilónico imperio supermercadista, demostrando ser – una vez más – una fachada increíblemente compleja para justificar su única y final obsesión, acaso fatal: los discursos de apertura.

Más tarde me confesó, en una lastimosa y patética carta, que solamente había deseado quedar embarazada – a sabiendas de que su interés sexual yacía en su propio sexo y de que su primer y único consorte tenía un patológico interés por la filatelia – para tener la chance de brindar un correcto discurso escolar; tal era la densidad de su obsesión para cumplir con la doliente compulsión disfrazada de deseo y lujuria por palabras insignificantes; profesiones que hoy son conocidas bajo los siguientes rótulos: político o filósofo o intelectual.

Después de mi graduación universitaria, una nueva tarea o misión se le fijó en la mente y en el útero: embarazarse otra vez; sin embargo, el omnipresente destino – quien para entonces se había vuelto experto en violar y destruir deseos – quiso que todos sus amantes circunstanciales fueran estériles. Casi la mitad de aquellos desdichados utilitarios fueron rápidamente descartados gracias a su increíble habilidad para darse cuenta de si estaba embarazada o no: ella solo debía guiarse por el aroma del dedo meñique de su pie derecho.

En aquellos tiempos donde la fertilización asistida era apenas un sueño ignorado, ella no tenía más que una opción legal: la adopción.

Así fue que intentó adoptar a cualquier huerfanito, mas bajo una condición *sine qua non*: tenía que ser posible la reinserción en el sistema escolar de la niña o el niño adoptado. Millones de dólares fueron desperdiciados en el viento luego de que las muchas promesas de encontrar al mancebo maduro terminaran siendo nada más que aseveraciones podridas; cuando los supuestamente seguros sobornos acabaron en callejones sin salida; incluso los traficantes de niños más respetables y confiables se aprovecharon de tamaña obsesión discursiva. El dinero, en este caso, no fue la respuesta. El babilónico emporio supermercadero sucumbió. Las acciones tuvieron que venderse a precios ridículamente bajos para conseguir el líquido sobornero que con ímpetu reclamaban las agencias de adopción; las cuales, al igual que el típico abusivo sacerdote católico, demostraban tener un apetito acaso infinito cuando se trataba de infantes indefensos.

Una vez que su fortuna fue dilapidada debido a corruptas demandas, eternos procedimientos burocráticos, salarios de abogados y un infinito etc., mi madre arriesgó su mismísima libertad con la intención de obtener aquel santo grial que perseguía: un pequeño niño o niña en edad escolar que le permitiría subir al podio e improvisar la oral obra maestra que había estado componiendo durante aquellos infernales años de búsquedas y sobornos, de maduro y podrido, de Católicos y bacanales, de acciones y títulos, de remar y adoptar. Cada palabra había ya sido pulida; cada pausa establecida durante sus densas y eternas noches; cada tos del público presagiada con su necesario silencio; cada ensordecedor acople debido al fallado micrófono, cada aplauso que – al menos por un segundo – la entronizaría en el *Parnassus* de aquellos magistrales exponentes del ejercicio articulatorio del pronunciamiento palabrero de apertura.

El discurso estaba listo; todo lo que necesitaba era la llave viviente para entrar a ese reino hecho de cuadernos y lápices, de gomas de borrar y pedos mañaneros, de pijamas debajo del uniforme, de amores efímeros y de esas camisetas cuyo segundo trabajo – amén del abrigar – es el oficiar como lienzos para mocos y otros substancias.

Con sus últimas monedas compró un pasaje de avión hacia esas tierras orientales y lejanas donde, según algunos amigos que había hecho a través del hedor de los billetes sobornales y quienes por casualidad trabajaban en el mercado negro de niños en edad escolar, robar un pequeño alumno de escuela primaria era una pavada. En efecto, era pan comido: mas era un pan que si se lo ingería, probablemente te haría pasar la vida encerrado en un baño que pronto se convertiría en inhabitable. Mientras escribo estas líneas, puedo comenzar a comprender y relacionar el origen de mis problemas lavatoriales y preferencias sentaderas[24] con esos terribles eventos vivenciados por mi madre durante su búsqueda frenética.

Es asaz innecesario decir que tal empresa estaba condenada desde sus propios albores. Mal alimentada y al borde de la deshidratación, aún delirando y angustiada ante la perspectiva de olvidar su discurso magistral, el primer y postrero intento de obtener a un niño en edad escolar fue su *coup de grâce*. Encerrada en una celda de Bangkok hecha de hierro, concreto, excrementos, sangre y olvido, fue vista por última vez mientras intentaba brindar su sentida e inapelable alocución a unas reclusas en la despensa; arrastrada por las guardias de la prisión, gritaba como poseída *Ritorna Vincitor*. Nadie supo más nada de ella.

Un tiempo después, Radamés le confesaría a su amigo y maestro Abu Kasem que sus exquisitas preferencias inodorescas y su dificultad para dejar que su desperdicio intestinal viese la luz del día o la noche en cualquier otro baño que no fuese el propio, habríanse probablemente originado a partir del desorden mental y la obsesión de su madre para con los discursos escolares que la impulsaron a su fallida misión adaptatoria y postrera desaparición. Dijo él una vez:

---

24 Ver *Efemérides*, Opus Magnum volumen I

Para un hombre, el mero acto del ejercicio intestinal es como dar a luz; pero a pesar de que no sea una nueva vida, algo se forma y crea dentro de nuestra humanidad; y tal creación concreta o sólida o acuosa abandona su laberíntico recipiente, para jamás volver (al menos a través de ese mismo orificio); mas la alegría del arte y la vida resultan ser de una vastísima generosidad, pues el producto de semejante ejercicio de desapego no nos deja sin brindarnos una sensación de gozo, dicha y placer. Uno (nosotros, todas las criaturas vivientes) proviene del agua, y luego crece en una multiplicidad caótica; el otro va hacia ella como una unidad y luego, fragmentado, cae como una muriente multiplicidad. Si hemos de llamarnos Hombres, entonces deberemos seguir el ejemplo invertido del cayente: de muchos, a uno. Apenas unos escasos centímetros son la distancia entre el desperdicio y la vida. Muerte y esperanza. Aquello que no es útil y lo que podría serlo, o no. La metáfora invertida.

De todas formas, la cuestión que me interesa verter dentro de este sacro libro no es aquello que acaban de leer mas otra: el tema del aborto, asunto espinoso si los hay[25]. De hecho, el tema es tan duro y áspero que mis manos están empezando a sangrar profusamente mientras escribo estas mismas

---

25 El adjetivo *espinoso* es utilizado debido a los acalorados debates que dicho asunto inspira, y no porque el feto tenga escamas o espinas cuando el embarazo se interrumpe voluntariamente.

líneas. Querido lector, por favor espere un momento para que me pueda limpiar y detener el sangrado… (continuará)

26

26 Si te estás preguntando por qué hemos repetido el chiste de incluir una nota a pie de página sin que haya texto alguno respecto al cual esta misma nota pudiere estar aludiendo, deberías darte cuenta incluso antes de preguntar semejante cuestión de que estás dando por hecho que simplemente porque una pregunta pueda ser formulada – y por ende preguntada – ella debe ser contestada, o que incluso debería tener una réplica apropiada a semejante indagación. El hecho es que no todas las preguntas están allí para ser respondidas, y no todas las respuestas corresponden a una pregunta; sin embargo, hay respuestas que aún están esperando las preguntas apropiadas.

En, no de

Puede que, a través de tus velados ojos, veas al mundo como una forma de justificar tus pensamientos, los cuales derivan de tus creencias, las cuales te fueron implantadas.

O

Puedes intentar, a través de tus velados ojos, ver al mundo como una forma de superarlo, y también a todo lo anterior.

La solución está en el mundo, pero no es de él.

Como una vez escribió el gran Richard Francis Burton:

Abjura del Por Qué y busca el Cómo...

Aborto y cigüeñas

—   — (este
vacío representa el tiempo durante el cual el escritor estuvo
ausente mientras detenía el sangrado ocurrido a finales de
Recursos).

Aquí estoy otra vez con ustedes. Muchas gracias por
esperar y soportar semejante descripción desagradable.

Una significativa misiva enviada por un presbítero (suena
muy parecido a esfínter, ¿no es cierto?) perteneciente a la
comunidad de Aragón (tan similar a Aragorn, ¿verdad?),
cuyo nombre era Don José de las Santísimas Casas, inspiró
esta pacífica diatriba. Algunos puntos altos de la carta:

> Mis estimados compinches, lectores de este
> delicioso mas expiatorio y aborrecible *Opus
> Magnus* (el perspicaz lector notará que nos
> estamos absteniendo de corregir los predecibles
> errores de un hombre que ya ha pisado, y pro-
> bablemente escupido, su nonagésima década).
>
> Hay un asunto que ha estado perturbando
> tanto mi paz como mi sueño; y creo que ustedes,
> en lo profundo de sus corazones, compartirán
> y entenderán la mismísima naturaleza de mi

agobiante preocupación: aquella del aborto. Me siento profundamente avergonzado y triste al admitir que se ha vuelto una práctica por demás común – y reprobable – en mi amada España. Miles y miles de desdichadas y miserables mujeres visitan cada día las zonas costeras, unidas por la única intención de salvajemente lapidar a cada cigüeña que se atreva a volar sobre las costas de Hispania hasta provocar su muerte. ¡Oh mis queridas criaturas! ¿Por qué llevan a cabo tales diabólicas acciones? ¡Oh Padre que estás en los cielos! ¿Por qué lo permites? ¿Es porque no puedes verlo debido a nuestro maltrato del medioambiente?

Las desdichadas y trastornadas asesinas ocasionan una muerte dual con una sola piedra[27]: la pobre e inocente cigüeña y el niño llevado hábilmente por los aires[28]; pobre e inmaculada ave cuya única función es traer al futuro hijo o hija desde París... ¡Ay!, algo que ciertamente no ocurrirá una vez que la piedra alcance su condenado objetivo[29].

---

27 Un más que probable origen del dicho popular: matar dos pájaros de un tiro.

28 Hilario Gómez Gas, profesor en la Pontificia Universidad de Vigo, postula la existencia de un conducto que comunicaría al pico de la cigüeña con el útero de la futura madre; este ha de ser invisible al ojo humano. Tomado de la *Revista Universitaria de Vigo*, número 4, año MMCI.

29 El Ministerio de Salud, Servicios Sociales e Igualdad de España ha estudiado la introducción de experimentados goleros de primera clase en la ecuación de la lapidación de las cigüeñas, con la intención de

Ciertas revolucionarias sectas místicas que todavía tenemos que tolerar en las entrañas de la iglesia vaticana están intentando inculcar (ellas le llaman educar) una cierta información de naturaleza traviesa que va contra miles de años de conocimiento común y silvestre: les aseguran a estas ignorantes mujeres que los bebés no son traídos por cigüeñas desde París, sino que son el producto que crece del árbol regado por el amor físico: el fruto que madura en el vientre materno luego de que la semilla haya sido escupida por la serpiente de ojo único… sea bajo la disposición de la ley o despojado del sagrado sacramento matrimonial.

---

salvar a los cayentes bebés una vez que la piedra alcanza al ave maternal. Los primeros testeos demostraron ser tanto seguros como útiles para el bebé rescatado; aquellos diestros deportistas desempeñaron su tarea adecuadamente, atrapando y sosteniendo a los caídos con seguridad y prestancia. Sin embargo, lo que no demostró ser tan exitoso fue la segunda etapa del proyecto, también llamada *entrega*. Dada la enorme cantidad de condicionamiento que han sufrido estos exgoleros profesionales durante sudorosos años, la actitud del *despeje* no pudo ser del todo eliminada de su memoria muscular. Una vez que el bebé era diestramente atrapado, o bien lo hacían rebotar como si él o ella fuesen un balón – muerte instantánea – o sin siquiera botarlo le entraban con el pie derecho o izquierdo – dependiendo de la tendencia natural del golero en cuestión – o simplemente simulaban hacer un pase con el brazo a quien estuviese cerca. La taza de mortalidad de esta segunda etapa, de lo que alguna vez fue denominado *proyecto goleros*, estaba por encima del 98,78%. Las autoridades competentes involucradas en este revolucionario plan están esperando alcanzar una taza de mortalidad del 99,99% para descartar completamente el proyecto.

¡Menudo disparate, joder, y la madre que me parió!

La verdad esencial es que Dios nuestro Padre, en su inmensa e inacabable generosidad, ha creado a esta bellísima y purísima ave la cual, bendecida y adornada a través del milagro del amor, nos trae el mismísimo fruto de aquel deseo divino de prolongar nuestro pene… perdón… ¡vidas! Para otorgarnos ese milagro que llamamos vida y que es obra y gracia de esos pequeñitos retoños voladores, aquellos espejos celestiales que multiplican nuestra propia imagen y la de nuestro *Deus Peter*… ¡perdón! *Deus Pater*[30]; y también de esas bendiciones aladas que vienen exclusivamente desde París, la ciudad de crujientes baguettes y los ultimísimos diseños de *Prêt-à-Porter*.

Si no fuera París, ¿desde qué otra hermosa y cojonuda cuidad vendrían estas criaturitas? Queridos amigos, estoy seguro de que me disculparán pero debo dejaros a vosotros para así poder conseguir otra botella de Jerez… ¡porque estoy a punto de terminar con esta! ¡Salud!

---

30 Se rumoreaba durante su vida que Don José sostenía un affaire platónico con Pedro Molin Ereus, jovial jardinero y Casanova que solía trabajar en la corte de su Majestad como paisajista.

Por otro lado[31], la Real Sociedad para la Conservación de la Salud de las Cigüeñas afirma que:

> Es lamentable pero cierto: la ignorancia como el combustible que empuja a esas desesperadas mas próximamente arrepentidas madres a arrojarles enormes piedras a esas inocentes aves que no tienen un carajo que ver con el tema. ¿Quién puede en su puto sano juicio imaginar que una cigüeña voladora podría realmente cargar un bebé? ¿A dónde lo cargaría? ¿Dentro de su año cigüeñero? ¿Acaso la cigüeña se comió al bebé para luego vomitarlo como si fuera una vaca voladora? ¿Realmente creen que este es el camino para convencer a nuestros queridos ciudadanos españoles de que esta es la forma apropiada para llevar a cabo un aborto? ¡Educación ya!

Lidiando con la siempre ascendente preocupación, el gobierno local replicó:

> No hacemos la vista gorda en lo que se refiere a los asuntos que espolean a nuestra sociedad toda[32]. El estado español está haciendo todos los esfuerzos posibles con la intención de

---

31 No sucumbiremos a la tentación de repetir o hacer una débil variación de algunos chistes previos que existen justamente debido a tal frase.

32 El lector sensible quizá se pregunte: ¿cómo pueden asegurar que no hacen la vista gorda, cuando semejante linaje es ciego de ambos ojos, es decir, tienen anorexia visual?

educar eficientemente a nuestros ciudadanos para así ayudar a erradicar viejas creencias enquistadas que no están ayudando en nuestro progreso como nación. Esas mismas creencias que no solamente están ubicando a las cigüeñas bajo un real peligro de extinción, sino que también amenazan las mismísimas bases del estado y alteran el sistema económico todo; nuestro Ministerio de Justicia está abrumado por una inimaginable cantidad de demandas iniciadas y presentadas por aquellas fallidas madres abortivas quienes, después de algunos meses de haber asesinado una cigüeña, notaron que sus vientres seguían creciendo para luego descubrir que inevitablemente estaban a punto de convertirse en aquello que no estaban esperando ni deseando ser: madres.

Este tipo de incidente, en un aproximado porcentaje (97.47985213435435198%) de los casos presentados, termina por lo general en divorcio (siempre y cuando la mujer en cuestión esté de hecho casada), y con un pobre e inocente (o varios, dependiendo de si el embarazo fue múltiple) afectado pequeñín, quien tiene que crecer apenas bajo la solitaria guía de una figura paterna[33] pues aquellas desquiciadas madres involuntarias son enviadas a la Isla de My.

---

33 No podemos descartar la posibilidad de que George Michael haya realmente nacido en España bajo el verdadero nombre de Jorge Miguel, luego de un fallido intento abortero; y que en consecuencia

Por otro lado, el cual no es el mismo lado mencionado algunas líneas antes de la presente, nace una pregunta natural: ¿de dónde viene el mito de la cigüeña?

El oftalmólogo, sociólogo, antropólogo y psiquiatra de origen austríaco Herbert von Happel nos comparte en su *Mitos de la Historia:*

> El origen del mito de la cigüeña puede bien ser rastreado hasta sus albores, los cuales se habrían gestado en la región que hoy conocemos como el Congo belga; esto gracias a los diarios personales del notable botanista – quien además fue mi maestro – Adolf von Ribbentreppen. En aquellas páginas supo registrar lo que hoy abiertamente se reconoce como la primera verdadera relación carnal entre un animal macho y una hembra humana; todos podemos dar por sentado la rareza de tal situación… mientras que el opuesto: una relación carnal entre un macho humano y un animal hembra (por favor no confundir tal concepto con el de esposa) es, con justicia, una práctica común entre mis colegas, especialmente cuando hablamos de ovejas. ¿Quién es capaz de resistirse a esos encantos lanados?
>
> Retornando a lomo de oveja para retomar el relato de Adolf von Ribbentreppen: es una descripción de un bizarro apareamiento entre

---

haya sido criado por el padre que eventualmente inspiró su hit *Father Figure* o Figura Paterna.

una cigüeña macho y una renombrada meretriz de Mozambique. Aparentemente el animal (para los prejuiciosos decimos explícitamente: la cigüeña macho) poseía un órgano masculino idéntico al que se puede encontrar entre las piernas de los hombres; hecho que desconcertó al Dr. Adolf casi hasta la locura; este detalle anatómico no puede ser aún explicado por nuestra condicionada y miope ciencia.

Mas haciendo a un lado las limitaciones racionales de nuestros pensamientos y la debilidad de nuestras propias percepciones, la leyenda de la meretriz y la cigüeña – conocida en las aldeas locales como *Turubama* – ha sido recontada y transmitida de generación en generación por lo menos durante 9.786 años. Dada la cantidad de tiempo que ha sufrido tal cuento, es por demás probable que haya sido alterado de tantas maneras diferentes que la forma original ya no esté allí; así como el pez primordial del cual todos venimos no es reconocible en nuestra forma humana… a pesar de que a veces las mujeres pueden oler como si ese mismo origen estuviera entre sus piernas.

Esto no era importante para el Dr. Adolf, quien ponderó cómo el mito pudo haber alcanzado las costas europeas; Robert Adams, el analfabeto marinero norteamericano que soportó las abrasadoras arenas desérticas del Sahara y descubrió las entrañas de Timbuktu durante el nacimiento del decimonoveno siglo, tuvo que haber oficiado como puente entre el oscuro continente y la ilustrada Europa para el mito de la cigüeña y la meretriz. Luego de su arribo al Viejo Mundo y navegando en la Santa María bajo el comando de Cristóbal Colón, la leyenda continuó con su expansión hacia las Américas. ¿Cómo pudo algo así ser posible? ¿Cómo un hombre del siglo decimoquinto pudo llevar y recontar la historia que había llegado al Viejo Mundo casi tres siglos después de su histórica y sangrienta hazaña?

El Dr. Adolf von Ribbentreppen estaba convencido de que el explorador y colonizador y asesino poseía el conocimiento secreto que le habría permitido viajar a través del tiempo y el espacio, siendo así capaz de escuchar no solamente el relato verídico de Robert Adams acerca del mito de *Turubama* cuando lo compartió por primera vez en Cádiz a un puñado de marineros, pero además su completo informe de aquellos tres años gastados como esclavo en el norte africano; Colón también fue más adelante en el futuro para descubrir si algún genial escritor habría de ser (será) capaz de ficcionalizar semejante aventura protagonizada por Adams; *Timbuctoo* fue (es) la novela y Tahir Shah el escritor. El italiano estaba ya listo para regresar a su propio tiempo y lugar, efectivizar su famoso viaje plagado de descubrimiento y sangre, y transmitir el mito de *Turubama* al Nuevo Mundo... además de enfermedades venéreas de todo tipo.

A mí me parece que la fuerza primordial para lograr (el cómo no es una pregunta que se me permite responder en este momento, pero que seguramente seré capaz de explicar en un futuro cercano)[34] el descubrimiento (¿acaso hay alguna acción, por nimia que sea, que *no* cambie el rumbo del porvenir?) que eventualmente cambiaría el curso de la historia, es bastante obvia.[35] Una versión más barroca y extendida de la historia del apareamiento entre la *Cigüeña y la Meretriz* hizo su aparición en las regiones meridionales del continente recién descubierto mediante la mano – o boca – de Pedro de Mendoza.

Ciertos rumores indican que la ficcionalizada versión de tal mito está siendo ansiosamente buscada en los mercados negros de las islas británicas. Se lo describe como un dossier de cuatrocientas hojas escritas a mano[36] por un notable carpintero y cineasta cuyo nombre es desconocido, pero cuyo alias sería J. Mis confiables fuentes me susurran que tal novela inédita está en el anaquel prohibido que puede ser encontrado en el corazón de la biblioteca vaticana, sección sesenta y cinco, demostrando

---

34 No ha de ser descartada la posibilidad de que el Dr. A haya venido, poseyendo tales secretos, desde un futuro lejano.

35 Esta razón era tan obvia, que al escriba o al editor se les olvidó incluirla en el texto.

36 Aún se suceden amargas disputas acerca de si la leyenda fue escrita por una mano izquierda, una derecha, o ambas.

ser la discreta compañía de una olvidada edición
del Viejo Testamento escrito en copto.

Como corolario citaré las palabras que salieron de la boca
del monje benedictino, cuyo nombre no puedo recordar[37],
como reacción a mi propio reporte del mito de la cigüeña
y la meretriz:

Sí… seguro.

Queridos amigos, pueden ir en paz, glorificando al Señor a
lo largo de sus vidas voladoras.
A Dios gracias.
OM

---

37 Su modestia es elogiable: fue anteriormente declarado y probado que
la memoria de Radamés era infalible. Esto debería ser tomado como
un calculado y falso error en su recuerdo.

Comparaciones

A la inesperada situación vivenciada negativamente... la llamas accidente.

A la inesperada situación vivenciada positivamente... la llamas sorpresa.

Tu expectativa es la medida de todas las cosas.

Por eso es que se ha dicho:

La comparación es el germen de la infelicidad.

La Gioconda

Varias, acaso infinitas, son las teorías elucubradas que intentan – vanamente en su gran mayoría – explicar la misteriosa y casi burlona sonrisa de la eterna mujer,[38] inmortalizada a través de esa etérea e inescrutable obra de arte fijada en el lienzo del artista por las generosas manos[39] del enorme Leonardo da Vinci (Bob

---

38 Peet van Weetbroeck, historiador del arte en la Universidad de Turingia, sugiere que la Mona Lisa podría ser el mismísimo Leonardo *in costume femminile*. Cuarto volumen de su *Encyclopedia of Art and Good Taste*.

39 Miles de cartas han arribado a la oficina de nuestro editor debido a la naturaleza acientífica de semejante afirmación. La comunidad científica toda alega fuertemente que no puede aseverarse si Leonardo pintó la obra maestra con sus manos, dadas las siguientes posibilidades:
- Pintada con sus pies
- Pudo haber contratado a un *ghost painter* quien siguió sus indicaciones
- Pintada con el codo
- Pudo haber robado la pieza y asesinado al artista original
- Pintada con las muñecas
- Otro probable Leonardo da Vinci pudo haber sido el autor
- Pintada con las nalgas

Y es debido a falta de espacio y también por razones prácticas que dejaremos de citar el sorprendentemente limitado rango de posibilidades enviado por la comunidad científica, a pesar de que

para sus escasos amigos y Richard para sus cuantiosos enemigos).

Durante el sexto siglo de nuestro Señor, aproximadamente mil años antes de que la *Gioconda* hubiese sido pintada y once siglos luego de que un esclavo pisara una angulada piedra en el desierto de Negev, el Fraile Giacomo Capelettini pensó algo como lo siguiente, en su invernal refugio ubicado en Varese:

> A los sentidos les resulta por demás evidente que la *Mona Lisa*, tal como habrá de ser conocida en los probables futuros venideros – y podría también añadir que habrá de ser famosamente admirada durante el siglo decimosexto –, posará efectivamente con una sonrisa en su rostro porque ella será consciente de la diabólica y tentadora naturaleza de aquella postura labio-facial, la cual seguramente habrá de estar destinada a enfervorizar y provocar infinitos y fútiles debates acerca del gesto previamente descrito; no solamente ello es lo que soy capaz de prever, mas la pintura también inspirará algunos horrendos libros, horribles películas – algo que mis lectores actuales ignoran qué es, y para ellos escribo esta aclaración: es una especie de teatro registrado mediante artilugios mecánicos a una escala mucho mayor, con variados cambios de escenarios, todo proyectado sobre un enorme

---

claramente afirman en su misiva la existencia de un infinito reino de posibilidades pictóricas. Fallaron en notar que, con limitados elementos, es imposible alcanzar un infinito.

y blanco muro – y un tomo que contendrá un párrafo idéntico a este mismo que acabas de procesar a través de tus propios ojos.

El pastor luterano Manfred von Wernitz, viajando durante una fría mañana de primavera del año 1910 en el quinto vagón de un oxidado tren que solía unir Freiburg con Odessa, contestó a las acusaciones de Capelettini en su diario personal:

> ¿Fútil debate? Falacia. ¿Infinito? Incorrecto. Estoy sorprendido de que Giacomo, con su sapiencia clarividente, no haya sido capaz de ver cuán impreciso e imbécil es – y seguramente lo será en el probable futuro – su comentario. ¿Por qué no pudo predecir mi respuesta? ¿Qué ocurriría si yo finalizase esta diatriba ahora mismo, mostrando su error? ¿Cómo es que no fue capaz de profetizar ese extraño y bizarro hábito del polímata florentino, quien solía pintar todas sus obras maestras vestido como Pinocho, siendo esta la causa fundamental de la tímida mas expresiva sonrisilla de la posante mujer?

Naturalmente surge la pregunta:

¿Cómo pudo Leonardo vestirse como Pinocho, si el personaje no había sido aún inventado?[40]

____

40 No estamos seguros si *inventado* es la palabra adecuada; quizás *capturado* sí podría serlo, ya que nos estamos refiriendo a una condición

Intentamos encontrar una respuesta al enigma en el diario íntimo previamente citado, mas la solución aún está por encontrarse. Quizá sea debido a la imposibilidad de encontrar el diario en cuestión, pero los investigadores todavía no están convencidos acerca de las posibilidades de obtener una cita *verbatim* cuando la fuente se encuentra ausente: actualmente están intentando reproducir el perdido diario que alguna vez pudo haber pertenecido a Manfred von Wernitz, a través de las técnicas de sueños lúcidos; otras medidas menos ortodoxas tales como la re-escritura especulativa de su diario a través del forzar a un hombre a vivir – en la medida en que fuere posible – la misma vida experienciada por el luterano pastor, será acaso el ultimo recurso; antes de emprender semejante odisea, las mentes detrás de las sombras están considerando pagarle a un novelista de renombre para que escriba una biografía extremadamente detallada de von Wernitz con la intención de recuperar, a partir del libro mismo, el diario que *aún* permanece perdido.

Ahora, volviendo a la pregunta original:

¿Cómo pudo Leonardo vestirse como Pinocho, si el personaje no había sido aún inventado?

Dado el genio de Leonardo y su conexión especial con el Reino Divino, la clarividencia no debería ser descartada; como tampoco la posibilidad de un escondido mensaje místico o metáfora, dado el reconocido interés que nuestro Genio sentía por lo oculto y lo trascendente. A través de su misma pintura y preferencias vestuarísticas, bien pudo haber

---

experimentada por todos los humanos: la de ser inerte y buscar una vida dentro de lo que comúnmente consideramos vida.

estado transmitiendo un mensaje destinado a generaciones futuras: el hombre no está completo, el humano es una marioneta, un títere expuesto a los impredecibles caprichos de su naturaleza inestable, siempre cambiante, dividida y cruda; una máquina que necesita adquirir aquello que es necesario para volverse digno de ser llamado *humano*; la sonrisa de la *Mona Lisa* implica subrepticiamente que él, Bob, ya lo había encontrado.

En el año 1897 el hermano de Billy the Kid, Radamel García Perdoso, también mostró no solamente un peculiar interés en tal asunto sino también algunas interesantes teorías. Así escribió en su columna dominical de la sabatina edición del *West Post:*

> La *Mona Lisa* sonríe debido a que simplemente era una renombrada amante de las legumbres, y particularmente sentía una especial inclinación apetitosa por los porotos: una preferencia culinaria que resultaba mortal, no solamente para aquellas narices que solían estar presentes a su alrededor durante sus transmutaciones gaseosas, mas también para su ropa interior. De haber ella sido una moradora del Olimpo, seguramente habría sido conocida como la *Ventosas Destructus*; tales eran las tremendas ventosidades que expelía constantemente hasta su partida al otro mundo. Por favor, nótese que su sonrisa "inocente" esconde un involuntario escape de gas flatulento a través de su posterioridad anal. Si mi teoría es cierta, deberíamos congratular a Leonardo por su magistral destreza para difuminar la inclinación

lateral de la posante modelo; a pesar de que
un indicio de la diablura gasística puede ser
encontrada en la mismísima pintura por el
astuto observador: el preciso uso de la luz y
de las sombras, y algunos misteriosos signos
en segundo plano, sugieren que el aroma de la
flatulencia tiene que haber sido exquisito, digno
de semejante dama.[41]

Eddie Molineaux, abogado, socio y fundador de la famosa
firma norteamericana Molineaux, Pester, Rubicam, Young,
Peterson, Masterson, Donald, Pluto, Goofy, Trump,
Gouzález, da Silva, Schustermann, Kaleidoscope, Young Jr.,
Pérez, Gómez, Peterson III, Trump Jr. Jr. y Art Vandeley,
escondió sus sugerencias acerca del caso *Mona Lisa* dentro
de un archivo que fatigosamente describía un oscuro litigio –
asaz irrelevante para este asunto – que estaba patrocinando:

He dedicado añares a la cuestión de la sonrisa
misteriosa. Creo entender, gracias a las pistas y
pensamientos de todos los grandes predecesores
que he tenido en este asunto artístico, que la
Mona Lisa y Leonardo solían disfrutar – y aca-

---

41 El ingeniero japonés Akira Matsubara murmura con humildad
luego de sus conferencias acerca del *Arte conceptual y construcciones
megalómanas* en la Universidad de East Sussex que: "al observar con
la máxima atención, es posible percibir una pequeñísima inclinación
de 0.78° hacia el lado izquierdo de la posante modelo... cifra que en
efecto representa el teorizado mínimo grado inclinatorio que haría
posible la emisión gaseosa interna, proveyendo en el ínterin – a través
de la mínima apertura del orificio salidero – un natural método de
asordinaje."

so sufrir – feroces enfrentamientos de chistes o *jokes-off*, tal como lo habría anunciado Billy Zane de haber sido un contemporáneo de estos dos maestros del humor; o si alguna vez estuviese interesado en tal misterio fenomenal. Esos duelos humorísticos se transformaron eventualmente en batallas saliváticas que inevitablemente terminaban con la coronación del vencedor al final del día laboral[42]. Mientras Leonardo recreaba

---

42 Dejando de lado la sonrisa, la pintura es también famosa debido a la técnica de *sfumato*, lamentablemente denominada *humo* por las bestias que ignoran la *lingua* del Dante. Nadie sabe a ciencia cierta cómo el maestro florentino encontró o creó o descubrió este sello distintivo de la pintura renacentista, mas hemos hallado una plausible explicación en las páginas infestadas por hongos de un oscuro tratado acerca del humor y el arte. El titulo del opus es *Genio escupidor*, escrito por Gianluca Vasari, quien era un pintor, músico, historiador y arquitecto italiano, que no solamente es renombrado por haber redactado algunas probables biografías en las cuales hipotéticamente prefigura las diferentes vidas que habría experimentado el maestro Leonardo, si este hubiese elegido otro sendero que aquel signado por la invención y el arte (Leo el experto jugador de criquet, Leo el maestro de ajedrez, Leo el golero, Leo el amaderado muñeco travesti, Leo el tímido empleado público), mas también famoso por las biografías que escribió acerca de los más grandes artistas del período renacentista; sin embargo, puede que su nombre les resulte familiar a muchos por acaso ser el único crítico que jamás no haya visto el cuadro *La Gioconda* – y que aún no lo ha hecho – debido a su pavor por cualquier tipo de medio de transporte (vive en alguna perdida isla de Fiji, y a pesar de que una vez intento nadar hasta Europa, falló en su empresa), y también por sugerir en su citado libro una teoría que bien podría sacudir los cimientos de la escritura de la historia del arte. En ella teoriza que el efecto *sfumato* fue una casual consecuencia de la cantidad de saliva que Leonardo escupía sobre la pintura, tanto cuando contaba sus chistes o escuchaba aquellos relatados por la Mona Lisa. A forma de corolario – y para ostentar su verdadero abordaje científico

(pues todas las cosas de este mundo son meros reflejos de la realidad ulterior) su obra maestra, epítetos repletos de racismo, homofobia y las más inmundas variaciones resonaban en su estudio. La misteriosa e inmortal mueca de la Mona sucedió pues en ese preciso momento, ardiendo como un mono que se transforma en presidente de Ecuador (para los distraídos, debido a las bananas), el Maestro Leonardo gritó el final de un chiste irreproducible lleno de racismo y odio[43]; [44]

– menciona que el famoso humo de Leonardo podría haber ocurrido cuando el maestro, usualmente vencido por la posante y sagaz modelo, salivaba intencionalmente sobre el pintado rostro como una forma de descargar su frustración perdedora; sin embargo, demostrando ser un verdadero caballero, solamente lo hacía una vez que la Mona Lisa había ya abandonado su estudio.

43 El mismo Leonardo afirmó haber esbozado un libro acerca de la naturaleza del humor y la imposibilidad moral de censurar cualquier tipo de manifestación humorística. Escribió en sus *Diarios de La Gioconda*: "Hoy, martes, conté un gran chiste acerca de por qué los negros no pueden comer chocolate, y la Mona no se rio en absoluto. Estoy pensando en quitarme la vida para siempre."

44 El final del chiste demostró ser un verdadero rompecabezas para los nutricionistas y trabajadores de la salud alrededor del mundo, y aún lo es: no pueden comer chocolate porque siempre terminan mordiendo sus propios dedos. Hasta el momento, se han llevado a cabo muchos *tests* cuyos resultados son inconclusos, si bien es cierto que hay una tendencia que muestra que todos los mancos de origen africano-americano, africano-asiático, africano-africano, africano-europeo, africano-oceánico y africano-marciano, encuentran en el chocolate su propio paraíso culinario. Semejante coincidencia gustatoria muestra, por un lado, que lo similar *realmente* atrae a lo similar. Se eligió un cierto tipo de especímenes para llegar a cabo ulteriores investigaciones. Actualmente, doscientos infantes de origen africano-x, pertenecientes a ambos sexos aunque *no* de forma simultánea, están siendo obligados

[45] mas fatalmente para Bob, la posante modelo recordó repentinamente una gran réplica para ese relato humorístico que estaba a punto de encontrar sus propio fin desrisado[46].

Por último – si bien no menos importante –, el acaudalado industrialista, megalómano y filántropo Ronald

---

a comer chocolate de sus propias manos: se estima que los resultados arribarán durante el próximo año fiscal. Si esta teoría resultase veraz, ergo científica, el mismo diseño experimental sería aplicado a especímenes no africanos-x de todo el mundo (también conocidos como blancos) y sus blanquecinas manos, mas con chocolate blanco. Con la intención de descartar tal posibilidad, por supuesto, doscientos infantes blancos-x – pertenecientes a ambos sexos aunque *no* de forma simultánea – están siendo obligados a comer chocolate blanco de sus propias manos: compartiremos los resultados apenas sean publicados. Hasta el momento no se ha encontrado ningún tipo de relación causal entre humanos mancos, tanto negros como blancos, y el chocolate en cualquiera de sus tonos.

45 El denominar *chocolate* al chocolate blanco es una flagrante *contradictio in terminis*, debido al simple hecho de que allí no hay ni rastros de cacao; sería algo así como llamar *café* al café descafeinado, o llamar literalmente *balónpie* a un deporte que principalmente se juega con las manos (balónpie o *football* americano).

46 Por supuesto, el justo Leonardo registró la magistral y ganadora respuesta, también en sus *Diarios de La Gioconda*: "Imagina que en un avión tienes a: un judío, un negro, un chino, un cabeza hueca latino, un árabe que a pesar de ser pacifico lo consideramos un terrorista, un maricón, una lesbiana, un sacerdote, un travesti, un político, un banquero y un albino; y el avión se estrella. ¿Quién sobrevive? Pensé y repensé una respuesta digna de semejante tripulación, pero no se me ocurrió ninguna réplica lógica mas digna de semejante chiste, cuando el final perfecto me abofeteó como preludio a una risa que incluso habría de dejar manchados rastros en mi ropa interior: ¿A quién carajo le importa, hijo de puta?"

Pennypacker, nacido en Sydney, pesando tres kilos y seis cientos gramos, de parto natural y midiendo sesenta y nueve centímetros, comenta en su autobiografía no autorizada:

> Como importante hombre de negocios, genio y visionario, les puedo asegurar que la Mona Lisa, traviesa como pocas y gaseosa como ninguna, continúa asociada de cierta manera con el exitoso autor de *El Código Da Vinci*. ¿Cómo puede ser esto posible? Aparentemente, durante algún instante del dieciseisavo siglo, el tátara- tátara- tátara- tátara- tátara- tátara- tátara- tátara- (no confundir con el básico patrón rítmico que pulsa a través del segundo movimiento de la novena sinfonía del genio de Bonn) abuelo del hoy no tan popular Dan Brown, el Sr. Daniel Damon Rupert Very Brown, pudo haber negociado con el mismísimo y enorme Leonardo y la posante Mona Lisa algunos ciertos perversos términos y condiciones que habrían eventualmente conducido a la creación de un halo artificial y fraudulento alrededor de un simple mas virtuoso retrato, con el solo objetivo de establecer las circunstancias apropiadas que básicamente ayudarían a establecer un mito basado en claves ficticias que habrían de ser ubicadas a lo largo del curso de la historia con la inestimable ayuda de críticos literarios de segunda clase (¿acaso los hay de primera?), para así lanzar, durante el pico máximo de histeria alrededor de las teorías conspirativas, una novela destinada a difamar a

mi amada Iglesia Católica y a mis humildes y admirados colegas del gran Opus Dei.

En aquellos tiempos de semejante arreglo bochornoso, se daba por sentado que la novela sería finalmente un enorme éxito económico. Entre otras cláusulas ignoradas, el secreto pacto tripartito contemplaba un equitativo reparto de las regalías – es decir, un 33% *per capita* – producidas por los libros de Dan Brown, así como también los beneficios generados por los films inspirados en sus ficciones y por algunos oscuros productos mercadotécnicos que seguramente están siendo fabricados en este mismísimo momento en un barco factoría cerca de las Antillas holandesas; el restante 1% fue dejado al capricho de una moneda arrojada por los aires, cuya ejecución sería realizada cada tres años por un hombre orillando los cuarenta, quien en primer lugar tendría que haber demostrado no tener lazos de sangre con ninguno de los miembros del siniestro pacto trinitario ni con su linaje. Dan Brown es apenas la parte visible de una espantosa alianza que continúa existiendo (y corrompiendo) a través del espacio y el tiempo: un protocolo que debería ser revelado y expuesto por el bien de la humanidad y la Santa Iglesia Católica.

Habría además dos actores desconocidos que supuestamente estarían disfrutando las cuantiosas ganancias de semejante acuerdo desdeñable: uno sería el presunto heredero y único descendiente vivo del gran Leonardo.

Pinocho, cuyo padre Geppetto pudo haber sido el segundo hijo adoptivo del tercer vástago irreconocido cuyo origen acaso haya habitado en uno de los testículos del maestro renacentista, es el verdadero bisnieto de Richard[47]. El lector esté quizá sorprendido al enterarse de la bizarra inclinación afectiva que Leonardo sentía por todo tipo de maderos[48].

Sin embargo, focalizando nuevamente nuestra atención en los herederos de la Mona Lisa, aún estoy estupefacto por haber descubierto que el único legatario de una ingente fortuna por los siglos venideros, y tengo irrefutables pruebas de esto, es... aaaaaaaaaaggggggggghhhhhhhhhhhhhhhhhh.

Así es como termina la autobiografía no autorizada de Pennypacker. Poco después de que sus relatos hubieron visto la luz editorial, fue encontrado sin vida, con una pluma enterrada en lo profundo de su escápula izquierda,

---

47 Por favor, recordar que Richard es el nombre usado por sus enemigos cuando se referían a Leonardo.

48 Si Leonardo estuviese vivo, ¿sería acaso un fan de James Woods? ¿Hubiese participado en uno de los festines sexuales de Tiger Woods? El autor considera que es suficiente sugerir el comienzo de una conexión graciosa mencionando solamente dos nombres, los cuales ayudan a la realización del chiste en la mente del probable lector; y que es completamente innecesario seguir con la citación de nombres que nada agregaría a la esencia del ya no-tan-gracioso comentario. Es por demás claro, que habiendo dejado muy en evidencia este punto, estas mismas palabras se están volviendo absolutamente prescindibles. Lo mejor es dejar de escribir sobre este tema, ahora mismo.

misteriosamente encerrado dentro del ataúd de una momia exhibida en el Louvre.

OM
[49]

---

49 Esto existe solamente en la eventualidad de que hayas estado extrañando el viejo chiste de la nota a pie de página sin texto. En caso contrario, te ofrecemos nuestras más sinceras disculpas.

Conquista

Si bien Borges alguna vez dijo que hay que tener cuidado al elegir a los enemigos pues puede que uno termine pareciéndose a ellos, mi amado abuelo Iqbal ibn Haidar lo parafraseó unos varios decenios antes, acaso con mayor profundidad:

> La historia nos muestra que, por lo general, el humano se vuelve inevitablemente idéntico a aquello que combate… una vez que tal enemigo ha sido derrotado.
>
> La vida más doméstica, en ocasiones, también asiente.

Además, reflexionó:

> Desde sus comienzos, el ser humano ha conquistado.
>
> Será verdaderamente humano cuando recuerde que lo único realmente ha ser encontrado es el conocimiento que lo llevará hacia sí mismo, transformándose en conquistador y conquistado.

Un tipo de conocimiento que, según tengo entendido, es poseído por apenas unos pocos.

Ardid

C apítulo XVI
Es un hecho por demás conocido que la actual celebración de la Navidad, tal como se la realiza en estos tiempos[50], comenzó durante una tormentosa noche de abril, *circa* 526 año de nuestro Señor, en la víspera del vigesimoquinto día de diciembre.

San Francisco de Asís confiesa en sus inéditas *Memorias de un secreto santo verdadero*:

(Debería ser leído en un fuerte acento *piemontese*)

Mi *mamma* era realmente hábil en la cocina, no solamente por su destreza para limpiar ese amaderado confín en el cual a diario se generaba una alquimia única, mas también debido al sabor de las maravillas culinarias producidas por ella; su especialidad eran los *Spaghetti alla Trovatore*[51]. En cambio mi padre, humilde

---

50 Fecha desconocida.

51 A pesar de estar perdida hace mucho, el famoso chef italiano Paoletto della Battidora intuye en un apéndice de su exitosa novela *La vía láctea: una vida de onanismo culinario*, que la receta original consistiría de

y fiel esposo, prefería disfrutar su tiempo componiendo bellas y anhelantes melodías trovadorescas con la ayuda de su modesto pero robusto laúd.

Debido al hecho de que San Francisco era absolutamente inconsciente – acaso una ignorancia fingida – del asunto navideño que no solo inspiró el primer párrafo de este relato sino todo lo que estás a punto de leer, es que habremos de focalizarnos en otros autores… tal como el siguiente.

---

siete kilos de *spaghetti* correctamente secados sobre bronce, setenta y ocho cabezas de ajo, veinte kilos de tomates, dos plantas medianas de albahaca, una foto de John Cleese colgando de la pared opuesta a donde el cocinero supuestamente debería estar parado, tres rodajas de limón curado y cuarenta y cinco litros de aceite de oliva. Luego, las cabezas de ajo deben ser aplastadas y los tomates hechos puré; picar la albahaca y prenderle fuego a la foto de John Cleese; ubicar los cenicientos restos de la previa foto dentro de la mezcla. Cortar tres rodajas de pepino… ¡upa! ¡Te agarré! Estoy bromeando. Agregar las tres rodajas de limón y verter los completos cuarenta y cinco litros del aceite. Meter la salsa en un horno precalentado (780°) y dejarla dentro unas setenta y dos horas para que la creación culinaria se integre y florezca. Una vez que este proceso haya sido completado, permitir a la salsa que apenas se enfríe y arrojar los *spaghetti* sobre ella. El calor acumulado seguramente será suficiente para llevar la pasta al borde del punto *al dente*. Notar que esta porción es apenas para dos. Servir y disfrutar, mas recordar que tiene que ser comida con un tenedor con forma de laúd, ¡y no se permiten cucharas!

El experto en física y matemática aplicada de la Universidad de Princeton[52] [53], sin haber sufrido ningún tipo de tortura, confiesa que:

> La única razón por la cual me transformé en semejante eminencia en los campos del

---

52 Aún se ignora por qué el nombre fue voluntariamente omitido.

53 Abu Kasem, con virtuosas palabras, se opone honradamente a la anterior nota a pie de pagina, escribiendo así:
Acaso sea una tarea imposible de lograr para un simple mortal, especialmente para quien realmente no ha aún nacido a la vida real. ¿A qué me refiero? A la capacidad de mirar dentro del corazón de una mujer u hombre y percibir su sinceridad, o falta de ella: ergo, resulta absolutamente inapropiado afirmar, en este caso en particular, que el nombre haya sido voluntariamente omitido.
¿Cómo sé yo que no fue un humano verdadero el que escribió este burdo relato acerca de un delirio? Lee nuevamente esta última pregunta, y tendrás la respuesta escupiendo y sopapeándote el rostro. Y aun si fuese un humano verdadero pretendiendo no ser uno, jamás habría de mostrar o habría de exponer su oculta capacidad para percibir la verdadera sinceridad.
Entonces, desde nuestra posición, no tenemos ninguna otra opción que aquella que nos conduce al camino de la confianza… o al de la desconfianza; y así decidir si él es digno de nuestra confianza, o no lo es. Siento (y lo sé) que la confianza es algo que debe ser ganado, sentido, percibido, intuido. Por lo tanto, al lector se le permite y se le da el derecho, no solamente a desconfiar de este burdo relato acerca de la argucia navideña sino también de todos aquellos lectores que han decidido confiar en esa voz desconocida y oculta que manipula la tinta. Por mi parte, elijo seguir el consejo de un sabio que una vez me dijo que es preferible sufrir una injusticia que cometer una. Acepta lo que te es dado, y da aquello que no puede ser tomado.

saber que domino, especialmente en el de la Matemática, fue el impetuoso deseo por obtener la atención y admiración de mi profesora de quinto grado, Miss Gretchen Aurora Gordon. ¡Oh, semejante dolor con el que la vida atormentaba mi alma! Semejante también fue el pesar cuando descubrí, poco después de haberme graduado *summa cum laude* en la Universidad de Oxdodge, que todo lo que quedaba de su descomponiente cuerpo infestado de gusanos era un fémur intacto que, siguiendo la senda de la inmaculada vocación enseñadora que ostentaba mi amada Gretchen, continuaba iluminando a futuros doctores en la facultad de medicina.

Mi sangrienta y muscular pasión me hizo ignorar un simple hecho numérico, el cual indicaba que cuando yo apenas era un simple niño en sus tempranos veinte navegando fácilmente a través del quinto grado primario, ella ya era una bellísima tátara-tátara-tátara-tátara-tátara-tátara-tátara-tátara abuela de quince dulces tátara-tátara-tátara-tátara-tátara-tátara-tátara nietitos. No puedo recordar su edad con precisión, pero seguramente acariciaba (dulcemente, como ella) el siglo de vida. El implacable tiempo no muestra compasión para con nadie, y yo no fui la excepción. Hoy, encuentro toda la comodidad que necesito, durmiendo abrazado a esas cenizas que alguna vez fueron la mejor profesora que un alumno pudo haber jamás tenido. Afortunadamente los gusanos se han ido, y ojalá que para siempre.

Codeando a un lado las regresivas divagaciones románticas[54], habremos de continuar con la novelita navideña.

El Abad de Montreaux, antiguo y perdido cantón de lo que solía ser la admirada Suiza de las preguerras mundiales, llega a la siguiente conclusión:

La natividad no es nada más que una invención moderna, imaginada, diseñada y perpetrada por un misterioso *uomo di legno*, un invidente y excéntrico cantante de *cantigas* que por lo general era llamado imbécil pero cuyo nombre era Andreus Bobassi, y un añejo artesano de barba blanca, originario del pueblo de Vercelli, quien podría haber sido popularmente conocido como Geppettus.

Se cree que el lugar donde este fraude fue concebido y ejecutado, con la sola intención de aprovecharse de una Europa que estaba bregando por salir de su era quizá más oscura para luego establecer los sutiles comienzos del capitalismo y esa insaciable máquina alimentadora de deseo en la cual esta cultura moderna se ha transformado para así moldear a la humanidad en un inútil autómata comprador de regalos, habría sido una de las muchas tabernas que un cierto tío de Alfonso el Sabio

---

54 Aproximadamente a una distancia de cuatro metros. (N. del T.)

administraba, quien además era un gran bebedor y experto poeta cuyo conocimiento de mitos y leyendas celtas era apabullante. Sus talentos como *raconteur* y encantador de multitudes eran tan destacados, que durante la extensión de su vida fue considerado indirectamente responsable de la muerte de al menos tres cientos sesenta mil quinientos veinte conciudadanos y (ex) clientes, quienes fueron lo suficientemente temerarios para no usar el casco recomendado que seguramente los habría protegido de aquella sónica muerte horrífica… la cual inexorablemente arribaba como consecuencia de sus prodigiosos recitales orales.

La fecha en la cual la moderna Navidad fue creada durante un primer día de septiembre del año 1087, en la aldea de Vagfin, justo en la mitad de la moderna frontera franco-belga, fue precisamente un primero de septiembre del año 1087.

Aquí es cuando el Abad realiza un aporte fundamental al brindar una locación precisa tanto en lo que al tiempo y al espacio se refiere. Cuando se lee *aquí* no estamos hablando de esta misma página que tú, amado lector, estás disfrutando; sino que *aquí* significa *aquel* preciso momento en la historia, el cual se cree que está cercano a los comienzos del siglo doceavo, cuando Rigoberto Passacaglia – el Abad de Montreaux previamente mencionado – inmortalizó sus divagaciones mentales acerca de la fiesta pseudo-religiosa-mas-hoy-capitalista que hubo inspirado esta inútil acumulación de palabras que todavía intenta tener algún absurdo sentido.

Pero, dado que la banda ya está tocando y tenemos el traje puesto y nuestro cabello esta húmedo con gomina azul, estamos destinados a danzar al son de la música que nos invita a mover nuestros cuerpos… entonces, previo a la aparición estelar de Rigoberto en el impredecible curso de la historia, uno no podía encontrar nada más que absurdas conjeturas y observaciones imprecisas acerca de cuándo fue concebida la impostura regalera bajo la excusa navideña.

La *intelligentsia* de su época creía que la falsa Navidad había sido creada en algún punto entre el 5.000 A.C. y la futura era de Tauro II, unos 5.873.092 años en el futuro de este preciso momento (se refiere a *este* mismísimo momento en el cual ustedes, estimados lectores, están degustando esta maravillosa historia).

Cuando una teoría conspirativa se transforma en un hecho probado, por lo general surge la violencia. Por supuesto, así como el lector pudo haber predicho, tal es el caso con el denominado *problema de la natividad*; y es con un hondo pesar que escribo estas mismas líneas acerca de un hecho execrable sucedido entre dos pilares de nuestra sociedad: el profesor Roger Bacon y el emérito rector de la estupenda Universidad de Oxdodge, Sir Richard Watson, se desafiaron mutuamente a un duelo después de un acalorado debate[55], el cual fue encendido por un pequeño

---

55 Un leal amigo, quien además era su más acérrimo rival ajedrecístico, escribió en su diario personal que, *la temperatura en la biblioteca en la cual ocurrió el altercado alcanzó los 570° en la escala de Celsius*. No hay indicio alguno de cómo lograron sobrevivir o incluso llevar a cabo aquellas mediciones térmicas.

desacuerdo acerca de aquella precisa fecha revelada por el Abad Rigoberto Passacaglia. Bacon insistía con que el día infame era el primero del mes de septiembre, mas Richard no iba a ser movido del segundo día del mismo mes.

El duelo podría haber estado justificado si el desacuerdo hubiese involucrado una mayor separación en lo referido a los días, o si al menos hubiese habido una discrepancia en cuanto al mes o al año; ¡ay, qué pena haber sido forzado a ser testigo de una armada confrontación duelística debido a un puñado de horas! Al menos me deleito en informarte, admirado lector, que el duelo no supuso ninguna de esas zonceras con forma de pistola y aroma a pólvora, ni objeto punzante alguno de naturaleza destructiva; afortunadamente tampoco inspiró ninguna basura literaria que equipara a los duelos con el sexo o a las armas con los falos.

Las armas a ser utilizadas fueron sus voces, sus inventivos cerebros y sus habilidades para entonar melodías poéticas sin la ayuda de instrumento musical alguno. Ambos rivales poseían tres minutos para improvisar una canción de naturaleza folklórica, inspirada o basada en el romántico encuentro entre una dulce y virginal doncella y un pequeño huérfano con un miembro de madera; si alguno de los duelistas hubiese tenido objeciones morales acerca del primer tema propuesto, se le habría permitido elegir el otro tema sugerido sobre el cual improvisar la melodía poética: una canción acerca del encuentro íntimo entre el padre ahora presente del niño amaderado que ya no es más huérfano, y un cantante ciego. La única condición ineludible era la que obligaba a los duelistas a cantar en la *Lenga d'òc* y a llevar puesto un disfraz de cigüeña, el cual representaba el símbolo de la fertilidad. La exposición del miembro masculino era – afortunadamente para ambos participantes – opcional, debido al hecho de que el duelo ocurrió durante una helada mañana de diciembre de un año ya olvidado.

¿El vencedor?

Por supuesto, nuestro admirado y amado polímata Roger Bacon.

Mientras que el ganador continuó ejercitando su sabiduría perenne en los claustros de Oxford, imaginando y creando futuros por venir, el derrotado fue visto por última vez luciendo un disfraz de cigüeña, con un muñeco bebé atrapado por sus mandíbulas, volando por sobre el Támesis.

Lo que acabas de leer es apenas un extracto de *Los probables comienzos del capitalismo*, Volumen II. Recopilación hecha por James Bouttar III, segunda edición del latín, traducida por James Bouttar IV. Impresión por pedido postal. MDCCXC.

La siguiente línea inexistente debería ser no leída en un imperfecto acento irlandés (

).

OM

Precisamente porque consideramos que toda invención no es más que es una recreación o mera copia de una inspiración divina, no nos atrevemos ni atreveremos a cometer aquel pecaminoso ejercicio de la censura y la inquisición estética. Por lo tanto, a pesar de que notamos que los méritos del relato previo son acaso humildes y escasos, hemos decidido permitir su existencia dentro de esta monumental obra dedicada al arte y al pensamiento, que representa el *Opus Magnum*. Tal como lo habría dicho mi tátara-tátara-tátara-tátara-tátara-tátara-tátara abuelo, el no publicar esta precaria historia sería como matar a una niña poco agraciada, debido a su falta de encanto y belleza. (Ed.)

Evangelio de Tomás

Quienquiera que descubra el verdadero significado de estos dichos, jamás morirá:

Que el Buscador no deje de buscar hasta que encuentre.

Y cuando encuentre, estará fuertemente atribulado.

Y luego de haber estado atribulado,
estará anonadado,
y reinará sobre el Todo.

Jesús de Nazareth, Evangelio de Tomás.

Percepciones

Estoy seguro de que algún día – el cual acaso ocurra en el pasado, presente o futuro – te has sentido o te sientes o te sentirás de la misma manera en que me siento ahora mismo.

A pesar de que las sensaciones estén allí simplemente para ser observadas con indiferencia, desapego y de ser necesario con desdén, he aprendido a no confiar en mi pobre juicio ni a permitirle a la corriente de pasiones arrastrarme lejos; o a aquellos oscuros pensamientos que continuamente solían guiarme con una fingida dulzura hacia dentro del laberinto cuyo centro estaba (está) ausente… inexistente.

Ariadna se ha esfumado.

No confiar en uno mismo, que no es uno… y acaso no sea.

Como el tallado anillo del Rey cuya inscripción nos recuerda que esto también pasará.

Si yo puedo experimentar esta sensación enajenada, saborearla, es probable que al menos alguien más ahí fuera pueda decir que ha tenido esa misma degustación en sus labios.

Percibir el cansino y tedioso pasar de la vida, ese inútil ballet mecánico que es realizado inconscientemente en frente de mis propias narices… en ocasiones frente a la oreja izquierda, otras es la derecha; incluso percibir, a veces, que eso que llamamos vida está sucediendo a mis espaldas, y no debido a una falta de interés de mi parte: ocurre que no se me permite (y esto probablemente podría también ser aplicado a ti, querido lector) elegir cómo enfrento al mundo, cómo enfrento a los otros que al mismo tiempo, y no tan en lo profundo, son mucho más que otros para mí; mas a la sazón se transforman inevitablemente en lo otro.

Ese ritmo incombustible, inevitable e imparable que es el latir de la vida, al cual llamamos tiempo: denso transcurrir de horas condimentadas por una coreografía incesante de rostros, sonrisas, gestos y colores.

Y uno, que (aún) no es uno a pesar de poseer un único recipiente (cuerpo, plástico, descartable), quien está ávido de experiencias, deseando asirse a la vida con pasión, con fuerza… pervive a través del espejo.

Sin embargo esta tenaz, rígida, severa y en ocasiones fría – en otras tibia mas siempre estoica – sensación translúcida me separa de aquello que puedo ver u oír; la certeza de tener una severa barrera enfrente de mí que aísla este inmaculado cuerpo, el cual me permite soportar esta experiencia que llamamos vida; recipiente que me permite transformarme en un modelo para esos bárbaros otros que carecen del sentido estético de la moda o del buen gusto; y la severa barrera que aísla a este complejo ser (a pesar de que sé que este *ser* tiene que ganarse a través del trabajo sobre uno mismo) de la realidad que puedo ver pero jamás tocar, jamás degustar, jamás experimentar.

No puedo degustar, ergo no puedo saber.

Vanos y fútiles son los intentos de transgredir esta delgada línea vítrea.

Una tenue mas constante y robusta separación.

Una sensación de *déjà vu* me invade al ver a ese hombre que me mira fijamente a los ojos. Suele mostrarse interesado en mí (lo poquísimo que conozco de ese *mí*), a pesar de que yo nunca, al menos en apariencia, pareciera inspirarle algo.

Por un lado, yo (multiplicidad): por el otro, el mundo en perpetuo movimiento.

Separación.

Este es un breve relato de mi vida, amigos lectores: un lujoso panorama de ese infinito y cadencial desfile de mujeres, hombres, niños y niñas y hermosas adolescentes; abuelos y abuelas, tátara-tátara-tátara-tátara-tátara abuelos y gatos, y perros; todo aquello que puedas imaginarte, concebir y nombrar… ya lo he visto.

Efectivamente curiosa es la cantidad de cosas que la gente – aquellos que nosotros llamamos los otros – puede hacer cuando piensan (creen) que no están siendo mirados. Sin embargo mis ojos están siempre abiertos, constantemente observando. Desde asesinatos a violaciones, desde el típico acomodamiento del paquete masculino hasta la coqueta revisión de un maquillaje. Cualquier cosa que seas capaz de imaginar, ya lo he visto. Todo.

Mas yo siempre estoy detrás de este condicionante y definitivo vidrio (mi esperanza es que en algún momento deje de serlo), al cual asumo poseído y padecido por todos los demás. Si yo habito este espacio cargando mi propia cruz transparente, presumiblemente otros tendrán la suya. Jesús no es mío.

¿Podría acaso esta infernal separación ser el significado velado del Génesis y su paraíso perdido?

Yo mismo he sido tentado por las ocasionales frutas que cuelgan del decorativo manzano que usualmente acompaña a la colección de verano, pero jamás he probado una; ni tampoco he visto serpientes enroscadas en sus ramas. Creo que si realmente estuviese en el infierno no sería capaz de disfrutar, cada diciembre, la representación del nacimiento de nuestro Mesías, ni a los Tres Reyes Magos y sus humildes regalos. Allí no puede encontrarse ni un gramo del odio que imaginamos privativo del averno.

Otra vez, ese hombre que en ocasiones luce una barba que le cubre la cara y otras un inmaculado bigote, aparece de la nada y me mira fijamente.

Puede que las formas sean (y son) diversas y diferentes en su apariencia, mas el efecto es siempre el mismo.

Separación.

Uno (que aún no es uno y quizá incluso ni siquiera *sea*) puede no ser capaz de ver ni de percibir la barrera del olvido si es que ella está impecablemente limpia (recuerdo a un amigo cuya diestra pierna fue desgarrada por los restos de lo que alguna vez supo ser una puerta corrediza de vidrio perfectamente lustrada), volviéndose de este modo una insospechada presencia tanto a través de la fuerza del hábito como de la empatía Lética; pero Suya es la ultima palabra.

Por mi parte, he intentado (vanamente) traspasar esa delgada línea vítrea con penosos resultados: hombros dislocados, torsiones cuelleras dignas del Cirque du Soleil y muchos otros desenlaces por demás embarazosos. Sí recuerdo el despertar de una mañana navideña con la particular sensación de sentir mi labio inferior acariciando mi tendón de Aquiles diestro; algo que para mi asombro resultó ser en absoluto doloroso.

A medida que pienso en escribir estos mismos pensamientos y relatos a través del ejercicio de mi memoria sobre la hoja, creo intuir un hilo común (pero no el de Ariadna) que ata todos mis intentos de romper la acuciante y delgada línea vítrea: la necesidad de algún tipo de tratamiento físico luego de cada uno de esos fútiles ejercicios de utopía.

Pero acaso en este mismo momento esté cayendo en la ilusión que me hace considerar la libertad como algo real y alcanzable cuando, de hecho, es simplemente otro escenario en el cual estaré, inevitablemente, forzado a entrar en la interminable rueda de la elección y su naturaleza fraudulenta que nos hace creer en la libertad de elección cuando en realidad estamos apenas ejercitando el tedioso hábito de elegir aquello que se nos ha enseñado a elegir.

La mayor y única libertad real es no tener elección posible.

Oh, cómo me gustaría poder comprender semejante afirmación y poder así disfrutar mi presente (el constante regalo de la existencia) sin esas preconcepciones que me separan de aquello que es real y a la sazón de mi destino.

No puedo recordar un tiempo en el cual no haya habido un vidrio ubicado entre mí, esta única multiplicidad que aún no es una unidad – ergo no mía –, y los otros, que acaso sean fundamental e inconscientemente uno, a pesar de los millones que habitan dentro de cada uno de esos sonámbulos.

En ocasiones me siento observado y en otras señalado, sea con el dedo o con el mentón. Algunos ríen, otros parecen expresar a través de sus propios ojos un destello de identificación conmigo… o quizá sea una señal de lástima o una señal de que esos otros intuyen que soy yo quien está atrapado dentro de este cuerpo que, a pesar de estar en forma y sano, es esencialmente inerte. ¿Podrá ser que estén comenzando a percibir eso que nos está separando? Si tuviese una voz, quizá mis intentos podrían llegarles más. Ha pasado mucho tiempo desde que renuncié a la utilización voluntaria de mis músculos. Ni siquiera luego de estrujar mi memoria hasta la última gota soy capaz de recordar aquel tiempo (si es que lo hubo) en el cual yo era capaz de moverme.

Ojalá pudiera recordar siquiera una solitaria gota del Lete recorriendo mi cuerpo.

Desvozado y sin ser capaz de moverme voluntariamente… pero consciente de la matriz que está comenzando a mostrar sus hilos. Si realmente he perdido el uso de habilidades ya ignoradas, entonces no puedo correr el riesgo de perder mi cerebración. Continúen hablándose a sí mismos.

Quizá yo apenas sea un espejo reflejando la postrera realidad de los que miran desde detrás de la delgada línea vítrea.

Los otros (gente, sonámbulos) tienden a idealizarme como si fuera un Adonis moderno. Me adoran como a un Mesías de plástico… su erguido e impecable Señor. Ellos quieren secretamente transformarse en mí, poder siquiera saborear qué se siente el vestir, lucir e inspirar ese asombro que continuamente veo en el rostro de los otros. Si tan solo supieran el infierno viviente que implica esta existencia, semejante aspiración infantil cesaría al instante.

La constante repetición de una sentencia laudatoria, que eventualmente es la misma a pesar de sus muchos disfraces, termina en una tediosa oída mecánica. A pesar de su inmovilidad, el vidrio me permite escuchar a los otros. Qué agradecido estoy por ser incapaz de no percibir las vibraciones vocales… razón por la cual tal sentido no ha desaparecido. Al principio, las constantes palabras de admiración inspiradas por mis circunstanciales ropajes funcionaban como un aumentador del ego; pero poco después de comenzado el ciclo de acotaciones laudatorias, el tedio me resulta abrumador; aunque debo admitir que siempre estoy a la *avant-garde* de la moda contemporánea y por lo general termino imponiendo tendencia vestuarística. La verdad sea dicha y escrita: verdad.

Pero hay otra cuestión: ¿elegimos qué ponernos? ¿Realmente elegimos? ¿Somos libres? ¿Cómo serlo si ni siquiera podemos elegir no elegir?

Únicamente cuando el no elegir se vuelve una opción real es que somos verdaderamente libres para elegir, o no elegir. Una vez que estés libre de la elección serás puramente libre para hacer lo que tienes que hacer, alejado del infernal e imperecedero círculo de la elección. La libertad es aquel estado que será realizado en nuestra interioridad luego de vivenciar la real falta de verdadera elección.

¿O acaso todo sea la obra de una mano (manos) invisible y macabra que comanda, hace y deshace a su antojo, definiendo también aquellos ropajes que deberían cubrir nuestro prestado recipiente?

Estimado lector, apenas puedo encontrar fuerzas para vestirme. Probablemente no sea una inhabilidad: pero la falta de uso ha hecho mis músculos demasiado finos y débiles. Además, qué fácil es caer en la holgazanería cuando todo lo hacen por ti.

Todas las memorias que tengo son de este lugar, estas luces, este trabajo. Nada va más atrás en el tiempo que este eterno presente.

Las aguas del Lete no me han mojado (¿podría de todas maneras recordarlo?), sin embargo la memoria me elude.

¿Por qué este hombre me resulta tan familiar? El abigotado está ausente para los demás, pero violentamente presente para mí.

Detesto admitirlo, pero realmente me he acostumbrado a ser vestido y consentido en este vacuo estilo de vida pleno de lujos; tan es así, que en ocasiones me siento como un bebé tamaño hombre… un muñeco de metro ochenta, completamente hueco. Los ropajes cambian constantemente de una forma que podría parecer azarosa, pero luego de atentos días de observaciones descubrí que mis superiores deben tener algún poder secreto que les permite (ignoro la cantidad de jefes que tengo) adivinar aquello que la gente lucirá en un cercano y certero (para ellos) futuro.

Una creciente preocupación ha estado aguijonando mis pensamientos: me estoy volviendo más sensible a las sensaciones. Esos sentidos involuntarios están agudizando sus funciones, y los que necesitan ser ejercitados están aparentemente recuperando algo de su fuerza. El último martes creo haber escuchado un estruendo cuyo origen pudo ser en algún lugar de la mitad de mi parte superior. ¿Qué podría ser? ¿Estaré enfermo? ¿Muriendo? Afortunadamente mi salud ha sido constante y fuerte: a lo largo de mi vida únicamente he sufrido algunas fracturas y dislocamientos; también algunos problemas menores de piel que en absoluto resultaron ser dolorosos.

Tengo que admitir que en ocasiones me siento como si fuera una marioneta, un muñeco de plástico, un primo lejano de Pinocho: llevado de aquí para allá, sin ser capaz de elegir mi destinación, mi vestuario, mi peinado (a pesar de que últimamente puedo apenas recordar el mismo duro e inmóvil estilo sobre mi cabeza), ni siquiera el color de mis ojos. A pesar de jamás haberme afeitado en mi vida, mi rostro no muestra signo alguno de tímida barba o humilde mostacho.

La tecnología, una religión inventada por científicos, nos permite en cuestión de horas lucir (transformarnos) como otro, que son otros, mas finalmente solo el Otro.

Mismo traje, mismo hombre abigotado me mira fijamente. Parece estar analizándome.

Un día estoy acá, el otro allá, y miro a mi alrededor y veo lo que ahora me resulta obvio: que estoy condenado a vivir debajo (detrás) del vidrio de la existencia. Aún no puedo recordar un tiempo desvitreado.

Quizá sea la fuerza del hábito, pero estoy empezando a sentir un cierto reflejo compulsivo en esa zona media de mi torso cuando observo a la gente comer o beber. De acuerdo al dictado de mi poco fiable memoria, mi boca ha estado siempre seca; aunque puedo decirles que estos últimos días he estado sintiendo un raro cambio en la consistencia de mi cavidad oral: solía estar vacía y seca. Ahora puedo claramente sentir una pequeña protuberancia que parecería tener una naturaleza muscular (apenas puedo moverla) y alguna humedad en mi boca. ¿Me estoy muriendo? ¿Por qué ella se vuelve húmeda cuando veo a otros comer?

¿Cómo alguien puede morir, si aún no ha nacido?

Estamos todos atrapados en la misma situación, a pesar de que tú, querido lector, estés pensando que la escena descripta es una que jamás podría sucederte a ti.

Paradójicamente (acaso así sea la esencia de la realidad) es semejante afirmación negativa la que indica que eres (y serás) la presa de ese mismo cazador cuya existencia estás negando.

Tal como dijo el Profeta (que la Gloria sea con Él) cuando afirmó que cometeríamos, durante el curso de nuestra vida, esa misma falta o pecado que condenamos o criticamos en el otro.

El único pecado que admito y reconozco es aquel secreto orgullo que siento cuando los sonámbulos copian mi estilo. A veces me miran fijamente; otras consultan con el acompañante de turno; otras deciden por sí mismos (irónico), y en cuestión de minutos los veo saliendo con una remera que usé ayer o una regia campera de *corduroy* que está acariciando mis hombros en este preciso momento.

Vano orgullo.

¿Qué me está pasando? ¿Por qué mi boca revierte a su estado seco cuando una bella mujer me mira fijamente? ¿Por qué están sus ojos fijados en la mitad de mi cuerpo? ¿Es porque hoy estoy usando unos shorts ajustados? ¿Es normal sentir humedad en la palma de mis manos? ¿Sentí recién algo moverse en esa mitad?

Yo soy mucho más que un rostro perfecto con cabello impoluto e impávidos ojos; piel blanca pálida debido a la falta de sol… porque yo, estimado lector, estoy tiranizado en este mundo desolado hecho de nada más que trabajo, trabajo y trabajo.

Al menos soy afortunado de tener un trabajo que precisa que yo esté… que esté sin ser.

Creo que alguna vez soñé con este hombre, y una espada. El mostacho se fue, y ahora parece ser una versión más joven y barbada de sí mismo.

Desnudo frente a otros desconocidos: situación que – aunque altamente improbable – ha ocurrido algunas pocas y embarazosas veces. Puedo ser consciente de ello a pesar del colosal y modesto esfuerzo de mi memoria, la cual vanamente trata de forzar el olvido.

Por azar o destino, es justamente cuando estoy despojado de ropajes que soy menos admirado y notado por esos otros (que son millones).

Estoy teniendo problemas en hacer viajar a mi mente a través del tiempo. Este presente se está transformando en la única cosa que soy capaz de recordar. Este omnipresente trabajo que me ha hecho indiferente al calor y al frío; aunque creo haber sentido algo acuoso surcando mi espalda el viernes (creo, no estoy seguro) pasado cuando estaba luciendo un abrigo de camello. ¿Eso es sudor?

¿O fue la olvidada gota del río Lete?

La memoria de semejantes sensaciones perdidas aún está allí... las puedo percibir. Puedo sentir la clave de lo que parece ser una vida pasada, otra dimensión. Hasta hoy, casi había olvidado cómo aquellas sensaciones se hacían presentes; ni siquiera podía captar una distante remembranza de una memoria de un resabio gustativo de aquellas sensaciones.

Hoy es diferente: antes tenía que razonarlas, intuirlas a través de los otros – siempre los otros – que me mostraban o ilustraban ese concepto a través del variado vestuario que fluía frente a mis ojos como una procesión que duraba todo el año.

Hoy es diferente: los recuerdos están regresando.

El apéndice muscular en mi boca esta más grande; ya puedo tocar con él algo que se siente como un hueso que cubre toda la zona de mi boca que antes era apenas un techo vacío… algo que es resbaladizo, probablemente por la humedad que lo cubre.

Siempre he trabajado con diferentes compañeros, quienes a la vez se han hecho constantemente sentir como si fueran el mismo… uno igual al otro. Por favor note, querido lector, que no usé la palabra idénticos pues la igualdad es uno de los disfraces usados por la diversidad.

En ocasiones creí que realmente conocía a mis colegas, solamente para descubrir más tarde que era simplemente una ilusión; si ese otro no se conoce a sí mismo, inevitablemente te mostrará un rostro (entre miles) que él tomará por real… mientras que la realidad yace más allá de las máscaras.

Ya no me sorprenden sus continuos y a veces extravagantes cambios de estilo, de modales, de poses; mutan completamente (en apariencia) y se transforman en otro (que son otros, y que no son) para seguir siendo lo mismo.

Una marioneta. Otro lejano primo de Pinocho.

Ausencia dentro del cambio.

Los hombres son parecidos en apariencia, tal como sucede con las mujeres.

Dentro, hay otro universo, o varios, acaso cambiando incesantemente.

Los huesos dentro de mi boca están comenzando a doler; algo puntiagudo sale de esa húmeda (y rosa, según la constante delgada línea vítrea) dureza. Estoy adolorido.

Soy un ser que intenta Ser, que desea evolucionar, crecer, desarrollarse, caminar con ojos bien abiertos (es mejor gastarse andando que cuidarse en un lugar), aprender qué es (y el cómo) lo que hay para ser aprendido, para saber, experimentar… rompiendo el vidrio que separa la realidad de la ficción.

Quizá, algún día, tenga éxito.

El extraño hombre, como si fuera aún más joven y tatuado, parece tener un martillo en su mano.

Siento que mis músculos están ganando mayor fuerza; sí, ese músculo en la mitad de mi cuerpo también.

Mi esperanza se adensa cuando las luces están apagadas.

Y me recuerdo a mí mismo algo que está siendo cada día más difícil de no olvidar: esto, también pasará.

El martillo hizo añicos el vidrio.

La vida espera.

Pensamientos y divagaciones de un maniquí.

OM

Templando

Si tu intención es conquistar
Aquellas indómitas virtudes:
Recuérdalo antes de juzgar a otros
Y sus supuestos defectos

Pues son tales personas
Y sus presumidas fallas

Quienes te brindan
La generosa oportunidad
De acaso dominar
Aquello que aún no puedes.

Es gracias al fuego que el acero se templa en espada

Quizá

En efecto, ella era hermosa.

Soy imperfectamente consciente de que constante e involuntariamente mi memoria aumenta su perfección cada vez que la reconstruyo, cada vez que la recreo con mi ya adormecidos sentidos. Pero su recuerdo persiste.

Su largo y rojizo pelo cayendo, como si hubiera sido pintado por el maestro Leonardo, sobre su siempre impecable atuendo: una oleosa *sfumatura* con influencias cubistas; ella poseía el típico glamour francés con unas gotas de mística árabe.

Si es verdad que uno realmente posee aquello que no puede perderse en un naufragio, ella efectivamente poseía el don de la belleza y la gracia: una obra de arte viviente… una obra maestra.

Al comienzo, tal como sucede con cualquier otro mancebo inexperto, sentí mi corazón romperse en millones de pedazos cuando la vi por primera vez hablarle y sonreírle a otro hombre; incluso razoné, en un vano intento de aplacar mi ansiedad, que sin ella, sin semejante esperanza femenina, mi vida sería desposeída de cualquier tipo de significado… una sensación que me hizo viajar unos veinte años al pasado.

Mi ferviente memoria pinceló expresionísticamente aquellos días de colegio secundario en los cuales solía buscar desesperadamente a mi circunstancial Dulcinea en ese abarrotado y somnoliento patio, intentando encontrarla lleno de deseo y terror, con la sola intención de asegurarme de que el día valía la pena el pelo rebosante de gel, el frío viaje en el bus y la natural mas embarazosa erección producida por el predecible bamboleo del transporte público, o no; pero la repetición en estos asuntos, o mejor dicho fracasos (tal como sucede en todos), atenúa el inevitable dolor infligido por las traidoras e implacables féminas.

Así fue que eventualmente me acostumbré – pues todos los seres humanos tienen la habilidad para adaptarse a cualquier tipo de situación – a verla hablar con otros hombres que estaban lastimosamente deslumbrados por su asombrosa sonrisa y un embriagante aspecto exterior (prueba de su propia superficialidad y falta de conocimiento acerca de sus verdaderas maravillas internas). Pero lentamente esa fuerza (que es el amor) portadora de calma le permite a uno percibir aún más; y pronto me di cuenta de que detrás de la supuesta caballerosidad de mis competidores, esperaba un interés material. Mi última observación – porque en efecto mi preocupación celosa tardó un par de días en ser extinguida – me demostró que todo lo que él quería, el primer competidor entre muchos, era un *espresso macchiato*.

Un día, a pesar de que su presencia estaba comenzando a sentirse como si de pronto yo estuviera revisitando aquellos días escolares sin la amada formando la ruinosa fila previa al aula, la cacé para descubrirla mirando a ninguna parte hacia el vacío, no sin un cierto aire de atención puesto en ello, como si estuviera esperando un llamado de un visitante inesperado, o lo invisto, lo inpercibido. Estoy seguro de que sus sensibilidades están mucho más desarrolladas que en aquellas mujeres ordinarias: es decir, el resto de lo que queda una vez que *ella* es quitada de la ecuación.

Luego de terminada la primera etapa de reconocimiento, y equipado con la predecible y necesaria confianza, comencé prontamente la fase dos: el buscarla ansiosamente con mis anhelantes ojos, preguntándome si el destino mismo me habría de santificar con una bendición que estaba seguramente por ocurrir a través de la gracia de sus dos brillantes diamantes azules, que los otros ignorantes llaman simplemente *ojos*.

Pero ella seguía ignorándome.

Por desgracia solo es necesario bendecir a una mujer con la indiferencia para obtener su amor y atención; y por supuesto, yo no era la excepción a semejante regla precisa. Me cansé de rechazar a esas otras féminas que son indignas de mis sentidos y corazón, sabiendo en lo profundo que este sería el día en que los dioses de la paciencia y la fidelidad me bendecirían con un arribo en forma de *ella*.

Asumo que, al comienzo, sus constantes compañeros fueron la olvidable distracción o la tenaz vagancia; ergo la sensación de ser invisible para ella, mientras que su corazón me había efectivamente percibido con anterioridad, quizá durante una vida pasada… o futura.

Bien sé, como si pudiera verlo pintado en el aire, que acaso a través de su naturaleza femenina ella presintió el naciente deseo que estaba comenzando a bullir por ella en mi pecho, el reconocimiento que latía con forma de corazón amante.

Tal es la intuición femenina: así como un hermoso lomo que alguna vez formó parte de una delicada y gentil vaca espera que las llamas y el calor transformen al carbón en brasas en el momento preciso y no antes, para que la carne pueda ser correctamente asada y luego comida, y finalmente transmutada; así lo hizo ella con mi flamígero amor latiente.

Ella esperaba mientras mi corazón se maceraba.

Y otras mujeres que no solamente jamás podrían hacerle sombra – sino que ni siquiera eran dignas de servirla como esclavas – seguían molestándome insistentemente, intentando en vano distraerme de mi musa, mi amor, mi perfección. Lo mejor que pude hacer fue distraerlas con simples y azarosos mas efectivos pedidos culinarios, para evitar herir sensibilidades.

Ahora también sé que ella continuaba respondiendo los desdeñosos llamados gesticulados por mis competidores (quienes ahora aparentaban ser inconscientes de sus muchas maravillas, o ya cansados de la superficial admiración) mientras que despreciaba mis intentos sutiles, solamente para hacerme sufrir con ese estratagema típicamente femenino de ignorar a los valientes que expresan un atisbo de interés en ellas.

También la he visto interactuar con mujeres de diversas razas y niveles socioeconómicos; la pureza de su corazón no hacía distinción alguna; incluso hablaba animada y alegremente con ellas. Cuando se trataba de parejas, la cuestión tomaba otro cariz; quizá por fuerza del azar o del destino, en estos casos solía prestarle más atención a la mujer que al hombre.

Durante sus animadas interacciones con niños pude notar al instante sus instintos maternales, su dulzura natural y sus dones empáticos; aunque estoy por demás seguro de que aquellos pilluelos no son suyos: semejante cuerpo inmaculado no muestra signo alguno de experiencia embarazosa, y no me imagino que la idea de adoptar semejante cantidad exagerada de infantes sea una que le resulte atractiva. También los trataba con un afecto inusual: el tipo de emoción que no es inspirada por alguien con quien convives. Sin embargo, no me sentí acobardado por ello pues sé que su verdadera pasión es aquella de servir a otros, y entre esos otros, a hombres. Por supuesto, no a *cualquier* hombre: ¡*moi*! Su verdadero y real e ignorado amor.

Pero a pesar de que yo quería ser servido, ella continuaba ignorándome… y mi corazón seguía macerándose.

Hasta que un día nuestros ojos se encontraron y fue como una gloriosa matinée operática digna de los dorados años sesenta, resonantes de un dueto Corelli-Nilsson. Nuestras orbes oculares se reconocieron mutuamente, dijeron hola y se derritieron en un abrazo visual por primera vez. Poco después de los sordos cumplidos habituales, un té acompañado con *scones* fue servido.

Las brasas estaban listas.

Puedo declamar o escribir un documento inmortalizando esta misma aseveración para luego firmarlo con mi propia sangre: en ese preciso instante, mi vida cambió para siempre. Mi mundo privado se iluminó y mi existencia encontró su ulterior y más profunda *raison d'être*. Mis ojos también se quemaron un poco pues el té servido con los *scones* estaba muy caliente (acaso una señal o metáfora de nuestros propios estados); pero eso no es nada comparado con las armonías de éxtasis y deleite.

Y el amor continuaba creciendo porcentualmente…

El aroma del café y los caramelizados *croissants* tostados invaden este recuerdo que les comparto[56]. La memoria de los sentidos. En este mismísimo momento puedo sentir la dureza de aquella mismísima silla que estoicamente se mantuvo de pie bajo mis achatadas nalgas durante tortuosas horas abarrotadas de esperanza, angustia, desesperación y fluidos corporales; ahora puedo sentir la fresca brisa que siempre lograba encontrar su camino por entre el marco podrido que pretendía de alguna manera estar sosteniendo la ventana, la cual me brindaba una hermosa vista de la calle Ayacucho; el mismo vidrio que nos separaba de lo desconocido, lo invisto, lo inesperado.

Desde aquel día, un cuatro de julio a las 8:47 am, el habitual encuentro de nuestros ojos habría de ser prontamente acompañado por constantes acercamientos de su parte. Apenas un solo segundo de contacto visual bastaba para presagiar su esencia penetrando mis narinas. Las brasas comenzaban a asar el alimento del paraíso, mi maná privado; mi macerado corazón amante.

Y el amor continuaba creciendo porcentualmente…

---

56 La versión sin censura expande el texto de este modo: *Puedo sentir la textura y calidez de la mantecosa* croissant *a medida que sube por mi ano y arrastra cualquier rastro desperdicial hacia el origen, como un viaje por el tiempo y el espacio, representando el anhelo masculino de reingresar en aquel seno acuoso que alguna vez fue nuestro hogar. La ulterior remembranza de la postrera* croissant *recalentada danzando en mi interior, excita vorazmente mi apetito.* El lector comprenderá fácilmente por qué dejamos a tal párrafo fuera de la edición actual del texto. Si no puede darse cuenta de la razón, por favor, vaya y métase una *croissant* en el ano.

En esos tímidos comienzos, sus acercamientos ocurrían no sin cierto desdén; semejante actitud seguramente apuntaba a aumentar mi verdadera atención masculina y reacciones físicas… pero mi virgen trovadoresca, siendo perspicaz y de espíritu casto, se dio cuenta rápidamente de que mi amor no tenia necesidad de tales ardides baratos para crecer y expandirse: ya estaba completo y en su apogeo; un macerado corazón asándose sobre las brasas del anhelo y la pasión.

Hola fue la primer palabra que inauguró nuestro Génesis privado, el sonido que desgarró el engañador velo que mantenía separados a los amantes, como el malvado y envidioso día intentando derretir el amor caballeresco. Soy tu Tristán.

En el comienzo fue la Palabra, y la Palabra fue Hola.

Luego del inicial reconocimiento vocal, la luz encontró su camino y su nombre explotó en mi boca. Ella pareció sorprendida con mis dones de adivino; sí, admito haberme aprovechado de su ignorancia y que jamás le revelaré mi secreto. Tampoco lo sabrán ustedes.

Una vez que el primer paso hubo sido dado, infinitas variaciones bajo variadas formas siguieron a la salutación primaria: *¿Cómo estás? Genial, ¿y tú? Yo muy bien, lo pasé bárbaro* y el clásico *Preferiría comer esas mollejas bien cocidas, porque sino voy a tener una diarrea de la puta madre.*

Y el amor continuaba creciendo porcentualmente…

El tiempo transcurrió dulce y suavemente, dejando un sabor de azúcar blanca en mi boca; y pronto descubrí (no sin algo de sorpresa) que ella afectuosamente respondía a todas mis demandas con una sonrisa que parecía estar tatuada sobre su rostro; tal era su luminosidad, que podría haber iluminado a todas las galaxias del cielo.

Nuestra conexión evolucionó en un alfabeto despalabrado: todo era dicho, sugerido y callado a través de nuestros mismos ojos.

Si por obra del azar o del destino resultaba que cierto día yo estaba de humor para un café, ella siempre se las arreglaba para conseguirlo tal como me ha gustado desde que era un niño de dos años (luego descubrí cómo lo hizo): casi hirviendo, con tres cucharadas de crema batida y tres terrones de azúcar marrón de caña. Si mi estómago no estaba listo para una ingestión ácida, ella me traería un vaso con agua. Si las mollejas no habían sido aceptadas adecuadamente por mis intestinos, un par de pastillas de carbón me estarían esperando sobre la mesa luego de una interminable y sudorosa visita a los lavabos; y si el llamado interno había sido de una naturaleza extrema, ella me pasaría un vestuario de repuesto para luego limpiar el desastre barroso con nada más que amor en sus manos.

Y el amor continuaba creciendo porcentualmente...

¿Croissants? No necesitaba siquiera pedirlas. Lo único que tenía que hacer era prefigurarlas en mi boca para que ella, como una Casandra rioplatense, me sorprendiese al instante portando una caramelizada y tostada delicia; o dos, o cinco, dependiendo de cuán hambriento ella me *sabía*.

Podría decir que incluso los matutinos impresos me llegaban a través de sus manos con un cierto aroma a pasión en sus movimientos; todas las noticias olían a ella, incluso la mera lectura de asesinatos y declaraciones de políticos inspiraban asombro y calidez en mi corazón... y todo porque su esencia había sido permeada en aquellas hojas.

Y el amor continuaba creciendo porcentualmente...

Un día fui bendecido por un leve rozamiento de sus manos, y su aspereza pronto me incumbió también: *Es porque siempre tengo que lavar tantos platos* fue su tímida excusa antes de alejarse volando como una mariposilla, dejando un indicio de quizá un vago acento norteño, probablemente como aquel oído en Santiago del Estero, Argentina.

Indignado por el daño hecho a semejante representación del arte divino, me embarqué prontamente para remediar esa innoble y despreciable blasfemia epidérmica; compré el mejor lavaplatos disponible, el cual – dicho sea de paso – limpió mi ya bulímica cuenta bancaria, con la complicidad de cinco mil litros de una efectiva crema humectante. Si aquellas son las manos destinadas a acariciar y achuchar a mis futuros herederos, tendrán que estar impecables y perfectas: inmaculadas como la gran madre en la cual algún día la transformaré.

Las brasas ya me estaban quemando y el macerado corazón ya estaba pasionalmente cocinado.

Un día la descubrí admirando un espléndido auto que estaba pasando exactamente por la misma esquina que ambos ya sentíamos como nuestro hogar. El rugir del motor interrumpió nuestra cháchara diaria cuyo epicentro era el caprichoso clima que nos escupía inclementemente. Su expresión facial cambió apenas un poquito (mas notable) ante la vista de aquella obra maestra rodada, y también percibí un pequeño suspiro.

Aquellas fueron todas las señales e inspiraciones que necesité para, lleno de amor y deseoso de hacerla feliz sin ahorrar medio alguno, invertir los ahorros que mis padres habían obtenido durante toda una vida de sudor y lágrimas. Si el todopoderoso creador no escatimó en suntuosos detalles cuando prefiguró el Jardín del Edén, ¿por qué habría yo de refrenar esfuerzo alguno cuando se trataba de la carroza que supuestamente iba a prevenir la erosión de los pies de mi amada sobre el pavimento?[57]

Y el amor continuaba creciendo porcentualmente…

El plan era bastante simple: esa misma Ferrari que aquella tarde arrancó un suspiro de su boca, la esperaría sorpresivamente en el garage de esa casa soñada bajo la bendiciente sombra de algún árbol colorado durante una de las sudorosas y sedientas siestas que solía tomar cuando supo ser una pequeña doncella provincial; la mansión con la cual soñó está ubicada en las barrancas de Alvear, con vista al río, mucamas varias, dos cocineros, un mayordomo británico (de Kent para ser exactos), y un setter irlandés de pelo cobrizo que demostrará ser un buen y leal amigo, ideal para los bebés que aguardan en el porvenir; un perro que estará saltando y esperándola junto a un precioso petiso rosado, su fantasía más íntima durante sus días como niña pre-menstrual.

El único hijo de puta que me hizo las cosas un poquito más complicadas de lo esperado fue un empleado bancario que, debido a cierta falta de generosa caballerosidad y una notable ignorancia en lo que al amor se refiere, tuvo que morir para que yo pudiera sacar el dinero de la cuenta de mis padres y así poder hacer a mi musa feliz, por siempre jamás.

Si el precio a pagar por mi amor son estos cien años en aislamiento que me están esperando ansiosamente,

---

57 Nada que comentar por aquí.

enfrentaré absolutamente esa fortuna de hierro con arrojo y coraje. Mi corazón tiene una sola dueña; me aseguran continuamente que mi culo tendrá muchos más.

Si la cárcel ha de ser mi purgatorio personal, moraré allí con nada más que un grito enterrado en mi pecho:

Amigos míos, ¡me enamoré de una mesera!

Anuncio

Guardería para niños *Herodes el Grande.*
Aceptamos a niños menores de seis años.
Atención especializada y sumamente dedicada.
Cuidados VIP e instalaciones *nursery* para los recién
nacidos. Nuestro personal posee un entrenamiento único
y exclusivo, además de tener una mente aguda y
un corazón dulcísimo.
Con nosotros, su hijo se sentirá como un verdadero
Rey.
Un lugar donde su retoño podrá reposar por toda
la eternidad.
Grandes descuentos para varoncitos circuncidados
con ciertos aires de nobleza.
Si además su hijo sufre la persecución de tres supuestos
reyes magos, el primer año será gratis.

PD: también aceptamos a niños amaderados.

Mercadotecnia

Medio médico es un peligro para la vida material, y medio sacerdote es un peligro para la vida espiritual, reza el proverbio italiano.

En este caso, otra incompletitud resultó ser fatalmente peligrosa para la totalidad de una mujer acerca de la cual sabremos más en los párrafos venideros.

Página 874.653, segunda línea:

La familia Mortessi, famosa por sus olivares en la región de Liguria, Italia, fue poseedora de incontables[58] tierras y granjas en la que alguna vez supo ser la joven y pujante Argentina; también hacía gala de dos cualidades que, cuando operan al mismo tiempo, siempre resultan ser

---

58 Los guarismos varían de acuerdo a la hora en la cual tales cálculos sean hechos. John Landman, decano del departamento de Ciencias Aplicadas en la Universidad de Dartmouth (y a cargo del departamento de su hermana cuando Sue disfruta sus vacaciones en Saint Lucia), comenta que el número debería ser 786 si los cálculos fuesen hechos durante la octava hora del cuarto día de la semana, y si la tarea no llevara más de una hora en ser terminada. Desafortunadamente, el Dr. John Landman no explicitó en su *paper* si para él la semana comenzaba el domingo o el lunes.

un peligro para la vida y también para la muerte: eran los únicos responsables y dueños de un negocio que comenzó alguno siglos atrás, no por vocación o determinación emprendedora mas por un golpe de mera necesidad: una cierta Rossella Mortessi murió súbitamente, forzando así a su sacudido marido a realizar los deberes de un sepulturero sin tener las habilidades necesarias o el conocimiento acerca de las apropiadas medidas de seguridad.

Esa misma historia sepulcral que sirvió como la chispa emprendedora es contada cada víspera de navidad por los amigos de la familia, gritada como un fervoroso mantra acompañado de estridentes cacofonías de risotadas y pedos (seguramente causados por la intensidad de las risas inspiradas por el bizarro relato).

El desdichado viudo – y a la sazón involuntario originador del mito –, Rigoberto Mortessi, había sido abandonado por sus padres luego de apenas una semana viviendo en este cruel mundo; mientras que Rossella tuvo que sufrir la misma suerte: sin embargo ella fue dejada en soledad, descartada, durante las escasas horas que siguieron a su nacimiento.

El ahora viudo Rigoberto nunca antes había tenido que enfrentar la muerte como tuvo que hacerlo luego de la repentina e inesperada partida de Rossella; y como resultado lógico de esto, no tenía idea alguna acerca de qué debía hacer con el cadáver aún templado de su amada esposa. Hizo lo que los ignorantes suelen hacer: llenó el vacío con el producto de su imaginación. Entonces inventó un procedimiento: y debido a que yo, el traductor y transcriptor de este mismo relato, soy consciente de mi propia ignorancia, con gusto prefiguraría e imaginaría el proceder de Rigoberto, pero al mismo tiempo no desconozco ni olvido el juramento que he realizado para poder servir a este magnificente *Opus Magnum*. He prometido no permitir que mi ego interfiera con este deber sagrado que es el traducir. Así que llenaré el vacío únicamente con verdadera información inimaginada.

El afligido Rigoberto situó a la tiesa esposa sobre la mesa de la cocina – que de hecho era la única en toda la casa –, e influenciado tanto por las varias lecciones de inglés que por entonces estaba tomando con una profesora nativa de Uzbekistán para quien la lengua de Shakespeare era tan familiar como lo es la divinidad para un mancebo amaderado, como por su hispánica mitad y la heredada memoria celular de sus antepasados ibéricos (su madre, Hortensia, alguna vez supo ser una preciosa muchacha que hechizaba las calles de Quintanilla, su pueblo nativo en Santander; tal como pudo averiguar luego de una constante búsqueda llevada a cabo durante su fervorosa juventud: toda existencia tiende a descubrir y perseguir su origen), hizo algo que quizá para el lector de hoy – y ayer y mañana y pasado mañana – pueda parecer horroroso, pero para el afligido viudo Rigoberto tenía absoluto sentido.

De improviso, mientras ponderaba qué hacer, recordó algo que había escuchado hace poco acerca de una cremación: palabra que hubo salido de la boca de su amada y tiesa esposa, un día en que ella le compartió un superfluo diálogo acerca de los ritos fúnebres que había tenido con una amiga inglesa cuyo nombre ahora es absolutamente irrelevante, en la panadería del pueblo cuyo nombre ahora es relativamente relevante: Stranetti.

En el nombre del amor, el abandonado marido intentó agotar su memoria; de alguna manera intuyó que, debido a que *esa* anónima amiga de su mujer era rica, la cremación tenía que ser el camino a seguir para honrar a su amada Rossella. Poco importó su inseguridad acerca de la precisión de la anécdota, y menos aun que ignorara todo sobre el correcto proceder. Rossella merecía lo mejor, y a eso estaba condenada.

Rebosante de amor y honor, Rigoberto gastó todo el dinero que pudo para llevar a cabo una apropiada – según su alterado y emocional juicio – ceremonia de cremación. El deshijado hombre que muchas noches había soñado con sanar su pasado a través de la paternidad, cubrió a su ahora púrpura e hinchada esposa con la mejor *panna* que fue capaz de comprar: setenta y ocho kilos de crema pronto comenzaron a transformar la difunta *amore* en una torta gigante hecha de carne en descomposición, fétidos aromas y piel ulcerada. El espectro completo de sabores posibles se estaba macerando sobre la mesa-ataúd de la cocina.

Cuán fácil es juzgar y condenar la conducta homenajeadora de Rigoberto; pero ten en cuenta, querido lector, que era ahora cuando las fallidas lecciones de inglés y sus asuntos no resueltos con su española madre estaban comenzando a pasar factura. Ahogándose en un mar de desesperación, enojo y culpa, el viudo había confundido la palabra de su italiano natal, *cremazione*, con aquella creada para representar esa maravilla culinaria que estaba atrayendo a toda clase de animales salvajes y roedores, los cuales pronto se dieron un festín con la blanca torta de carne fétida y múltiples sabores. Un error que ha de ser comprendido bajo las circunstancias en las cuales fue realizado. Un desafortunado hecho que a la sazón fue no solo fútil mas mortal para los restos de Rossella, quien involuntariamente encontró su morada de eterno reposo dentro del sistema digestivo de varios ratones, ratas y otros animalillos asquerosos.

El llorante esposo, ignorando el nocturno festín que habría de ocurrir en su propia cocina velatoria, dejó a la difunta cubierta de crema; y una vez que los ritos fúnebres hubieron sido realizados, se fue a hacer las paces con Morfeo; permitió que la penumbra de su ahora solitaria habitación lo fagocitase, inconsciente de aquello que sucedería durante sus viajes soñadores.

A la mañana siguiente lo esperaba el vacío… una dura y amaderada vacuidad que aún soportaba el peso de un hinchado ratón que estaba disfrutando las ultimas texturas del abdomen de Rossella. De no haber sido por este nimio detalle, Rigoberto seguramente habría terminado en un manicomio, convencido de que su esposa se había transformado en una *zombie* que aterrorizaría a toda la aldea de Stranetti. La glotonería tuvo un digno y postrero representante en esta historia, además de demostrar ser una salvadora de vidas; acaso la prueba final de que nada es permanentemente un pecado, y que depende de cómo se manifiesta en este plano: tiempo, lugar y gente.

Lejos de sentirse abatido, el viudo pronto fue consciente de su terrible error y decidió, en ese mismo momento, que expiaría su sospechado fallo transformando la cremosa experiencia en un evento que cambiaría su vida para siempre. Pero antes de que la epifanía surgiese a la existencia, algo necesitaba ser hecho; sí, cierto era que no había ni un resto de aquello que supo ser el recipiente de su esposa Rossella, pero al menos una incierta parte de ella tenía y merecía morar dentro de su amante marido. El codicioso y postrero ratón encontró su propio fin con la primera mordida; y entonces el sistema digestivo de Rigoberto tomó consciencia de que tenía un nuevo y superior propósito: ser una tumba para su mujer.

Una tumba dentro de una tumba.

Una tumba que habría de ser cuidadosa y celosamente controlada: desde ese mismo momento, el constante viudo ayunó durante dos dolorosas y hambrientas semanas para asegurarse de que nada más contaminase los restos de su esposa; y todos los excrementos durante aquel período de tiempo serían enterrados en la discreción de su jardín privado… hasta que no pudiese excretar más.

Una tumba dentro de una tumba dentro de muchas tumbas.

Luego de que la tierra hubo sido aplanada – digestión completamente terminada – se embarcó en una misión acaso heroica, acaso ilusa, acaso delirante: ser el mejor sepulturero de todos[59], no sin antes comer una hogaza de pan. Esta fue una determinación que podría y debería ser considerada como el Big Bang, no solo del oscuro negocio familiar sino también de esta historia.

Pero antes de abordar el barco que eventualmente lo llevaría hacia una vida de oro y gusanos, tenía que limpiar su cremosa vergüenza: *vendetta*. Seguramente esa pilluela "profesora" que le hizo creer al ignorante Rigoberto que esa

---

59 Algunos recortes periodísticos de aquel entonces cuentan acerca del arribo de un cierto galeno apellidado Ciccioli, de la zona de Ascoli-Piceno, quien llegó a la zona afirmando *sotto voce* que estaba trayendo el elixir de la vida eterna. Algunos crédulos sugieren que su arribo y el declive (simulado) del negocio familiar de los Mortessi fue apenas un truco del azar. Por otro lado, algunos afirman que antes del arribo del doctor Ciccioli las cosas ya estaban dañadas más allá de cualquier reparación posible. Mientras que a otros esta historia les importa tres carajos.

cacofonía con toques de guaraní y notas de uigur era inglés, habría perecido y así transformándose en su primerísima víctima y cliente… si es que efectivamente el viudo hubiese podido encontrar a la uzbeka. Sin embargo, este no fue el caso; y Rigoberto tuvo que aceptar que algunas deudas no se pueden cancelar. En cambio, y a manera de desquite, le dedicó unas fuertes actividades masturbatorias a la memoria de la madre de la uzbeka, presuntamente fallecida. Podemos imaginar que en dichas fantasías hubo una sobreabundancia de cremas: doble, agria, batida.

Algunos años después, los resultados del empeño y la pena de Rigoberto habíanse materializado en forma de una majestuosa casa funeraria… la empresaria transmutación de aquel incidente cremoso; una compañía conocida en todo el pequeño pueblo de Stranetti como Sepelios Szaborostroskyiop.

Por supuesto que es perfectamente normal preguntarse acerca de la naturaleza de semejante nombre. Tal como es justo y un honor a la lógica y al sentido común el preguntar por qué seguimos llamando chocolate blanco a algo que claramente no tiene nada de la esencia que le da el nombre a semejante delicadeza dulce. ¿Por qué? ¿Qué sería del pesto sin albahaca? ¿Qué es Basil sin Manuel? ¿Qué sería de este relato sin un *ad libitum ad aeternum*?

Ahora es cuando el nudo gordiano – que aún no puede ser desatado – de la historia que aquí nos convoca en esta misma página hace su estelar aparición. Algunos dicen que el nombre es un sutil *hommage* a esa embaucadora disfrazada de profesora de inglés cuyo apelativo era totalmente desconocido: por ende, Rigoberto tuvo que inventar algo que podría aparentar ser de origen uzbeko. Otros dicen que los mejores *tagliatelle Alfredo* que jamás podrás degustar son servidos en una pequeña *trattoria* en algún lugar cerca de la *Fontana di Trevi*. Y el resto sugiere que el siguiente párrafo podría proveer una explicación plausible para semejante disparate. Habremos de seguir, al menos por el momento, este último camino.

La Sagrada Escritura que alguna vez perteneció a las peludas manos coronadas con uñas amarillentas de un hombre al cual se lo creyó un santo ignorado, un hombre con una intuición divina y poderes sanadores, un hombre llamado Vincenzo Mortessi, párroco de la capilla de *Nostra Madonna delle Oglio,* nos ofrece una visión desde adentro acerca de las posibles razones para semejante nombre excéntrico aplicado a un pujante negocio, el cual perteneció o acaso aún pertenece a una pura *famiglia* de *sangue italiana* (sin embargo, ya sabemos con certeza que esto no es cierto).

Aquí serás capaz de leer la copia *verbatim* de lo que pudo ser interpretado a lo largo de algunas páginas de la Sagrada Biblia usada durante sus misas dominicales, las cuales comenzaban usualmente unos minutos luego de la novena hora del día de descanso. Superando su paupérrima letra, compartimos lo siguiente:

> … efectivamente aquellos fueron tiempos prósperos para nosotros: la iglesia inundada de peregrinos y verdaderos creyentes, y mi entera familia estaba felizmente trabajando para nuestra floreciente Casa Funeraria. Mas el presente no es más que una trucha que resbala por entre los hambrientos dedos del pescador; así es como velozmente el pasado se transforma en un olvidado presente. De alguna

manera las cosas comenzaron a cambiar de esa resbalosa forma pescadera. Mis correligionarios, aquellos felices habitantes de mi amada aldea de Stranetti, comenzaron a morir menos frecuentemente.

No fui capaz de notarlo entonces, pero lentamente – luego de algunas desveladas noches inundadas de sinceros recitales de la Sagrada Escritura – fui capaz de conectar los cabos sueltos: todas las plegarias pronunciadas en mi iglesia estaban siendo respondidas con prontitud (*un hombre es santo hasta que sabe que lo es*, un dicho que se aplica perfectamente a este caso: el humilde Vincenzo creyó que el milagro era un aséptico trabajo del Señor, mientras que él mismo tenía un rol fundamental en lo que estaba sucediendo entonces. Él era un hombre bendecido con poderes sanadores que ignoraba poseer. Aquellas milagrosas recuperaciones eran logradas a través de sus amarillentas e inconscientes manos) por nuestro Señor que es el más Generoso; cierto es también que todas esas imploraciones eran, mostrando la calidad de mis feligreses, únicamente de una naturaleza benévola… en su mayoría rogando por el alivio de una dolencia o la cura para una enfermedad implacable.

El éxito de la vida humana, en ocasiones, pide por el fracaso de la abundancia material. En este caso en particular, la longevidad y la vida ilimitada equivalían a la lenta muerte agonizante del negocio familiar. Al comienzo, apenas significó que algunos lujos habían de ser postergados, e incluso así las cosas eran de alguna manera tolerables; sin embargo, pronto la presencia de los continuos milagros comenzaba a ser notable a través de la fisicalidad de aquellos que trabajaban en nuestra Casa Funeraria: todos tenían un aspecto formidablemente famélico y podrían haberse unido al prestigioso ballet del Bolshoi, o acaso haber forjado una promisoria carrera en el mundo de la moda.

Pero desde ya que en ocasiones una ganancia equivale a una pérdida: volverse más ligero implicaba aumentar los gastos en ropa… un expendio que no podía ser afrontado por la benevolencia y la inescrutable voluntad de nuestro Señor y sus sanadores milagros. Todos nuestros hambrientos empleados de la empresa familiar eran forzados a sentirse avergonzados debido a una cierta falta de sentido modístico y extremada holgura de sus ropajes − algo que resultaría mortal para cualquier italiano orgulloso de serlo −, o bien a actuar como raperos o lucir sábanas y frazadas y cortinas para evitar el nudismo. Algunos soportaron la reprobatoria mirada de los otros, algunos pintaron sus rostros de negro para lucir como verdaderos raperos, y el resto fueron rápidamente bautizados *los griegos*.

Poco después de esta ignominia vestuarística, mi corazón comenzó a sentirse entre la espada y la pared. Debido a que espada sonaba parecido a España, tierra natal de aquella mujer que acaso inspirara a nuestra amada Casa Funeraria, elegí la espada.

Los Mortessi aún tenían la chance de aprender un oficio, de ejercitar el desapego y recrear una nueva vida, un nuevo horizonte lleno de tremendas oportunidades; mas eligieron el camino del sufrimiento, la senda del acarrear siglos de herencias vacuas sin ningún propósito real, de la inercia monetaria desalmada… acaso el destino común de la humanidad que insiste en soñar en vez de vivir.

Como último recurso, se les permitió usar mi iglesia como su hogar circunstancial y mi humilde cocina como su fuente de comida; mas el orgullo tiene un lugar asegurado dentro de los hombres. Elegí la espada a pesar de saber lo que la mano del destino estaba comenzando a dibujar en el lienzo que era mi vida. Fui puesto de inmediato bajo el examen más duro que he vivenciado hasta ahora: mi familia comenzó a asistir a la misa dominical solamente para pedir, para rezar, para rogar por una muerte diaria y la anulación de todos los deseos de recuperación y bienestar pronunciados previamente por mi rebaño. Sin embargo, ignoraban la solitaria precondición de la verdadera plegaria: un corazón sincero; una cualidad que por supuesto no poseían, pues tenían otros senderos que recorrer, otros reinos que conquistar; además, adolecían de la astucia y el coraje que implica seguir una básica verdad de todos los caminos religiosos y que a la sazón es su objetivo común: el conocerse a sí mismo… algo que he estado intentando conseguir durante toda mi vida consciente, pero que sin embargo está resultando ser *la* tarea humana más demandante, acaso imposible.

La solitaria noche fue nuevamente la portadora de aquella respuesta que mi corazón buscaba ansiosamente; ella vino en forma de un cuento… una historia que escuché una vez, hace muchos años, durante una breve parada en un caravasar situado en una aldea iraquí ignorada por los mapas. Temo que mi memoria, débil como todas, pueda traicionarme… pero intentaré conservar la esencia del cuento:

"El discípulo de un Sufi de Bagdad estaba un día sentado en un rincón de una posada, cuando oyó hablar a dos personajes. Por lo que decían, se dio cuenta de que uno de ellos era el Ángel de la Muerte. *Tengo varias visitas que hacer en esta ciudad durante las próximas tres semanas*, decía el Ángel a su compañero.

"Aterrorizado, el discípulo se ocultó hasta que ambos hubieron partido. Entonces, aplicando su inteligencia al problema de cómo frustrar una posible visita de la muerte, decidió que si se mantenía alejado de Bagdad no sería tocado. Solo hubo un corto paso entre este razonamiento y alquilar el caballo más veloz disponible y espolearlo día y noche en dirección a la lejana ciudad de Samarcanda.

"Mientras tanto La Muerte se encontró con el maestro Sufi y hablaron sobre diversas personas. *¿Y dónde está tu discípulo tal y tal?* preguntó La Muerte. *Debería estar en algún lugar de esta ciudad, empleando su tiempo en contemplación, quizá en un caravasar*, dijo el maestro.

"*Sorprendente*, dijo el Ángel, *pues está en mi lista. Sí, aquí está: tengo que recogerlo dentro de cuatro semanas, nada menos que en Samarcanda.*"

Luego de semejante revelación, supe que la tan ansiada, rogada y orada muerte corpórea no sucedería por razones monetarias; pero también supe que todas las elecciones tienen un costo, a pesar de que estoy dispuesto a pagar la mía en cualquiera que sea la moneda requerida por Él.

No puedo ocultar una sombra que nubla mi corazón… nubes que están comenzando a lograr el olvido del sol, el encendedor de la vida, y algunas lluvias de preocupación están comenzando a caer desde ellas. Solamente espero que la preocupante agua que llueve desde las alteradas nubes no sea transformada en granizo, pues mi seguro de auto no cubrirá el daño. Mejor que deje de escribir y busque una apropiada protección para el carro.

Hasta aquí hemos leído la transcripción de las reflexiones realizadas por el Abad Vincenzo. Es nuestra obligación abandonar así semejante barco hecho de memorias porque, luego de escribir la última palabra que apenas hemos apreciado con nuestros propios ojos – esta última palabra no es *no*, y no es *es*, ni tampoco es *palabras, ad libitum ad aeternum* –, algo sucedió. La postrera letra que escribió fue la *o*, y las nueve anteriores fueron *rrac*, o si se prefiere, *carr*. Pero antes de finalizar este párrafo, me gustaría hacer una pequeña corrección para así no abusar del recurso de la nota a pie de página; nada que comience con cantidades finitas podrá proveer infinitas o eternas – aunque sí vastísimas – variaciones. Por ende, *ad libitum* es suficiente.

Entonces, para dejar las cosas tremendamente claras, *carro* fue la última palabra que Vincenzo fue capaz de escribir en su vida; varias son las probables causas de su repentina desaparición: se patinó mientras corría a proteger su amado auto; o la lluvia era tan abundante que lo ahogó mientras se dirigía rumbo a su carro; o una gigante piedra de granizo pudo haber golpeado al (próximamente) finado Vincenzo en la cabeza dejándolo en un estado de desmemoria crónico; o alguien de su familia pudo haberlo secuestrado; o *ad libitum non aeternum*. Cuenta la leyenda que él se transformo en el primero de una gran cantidad de frescos clientes que ayudaron al negocio de su propia familia a expandirse hacia el cielo, y también el infierno.

Los hechos anteriormente mencionados no nos dejan otra alternativa que recurrir a, y hacer buen – y por que no soberbio – uso de los enormes y vastos dones memorísticos de Gianinna Madoninna Mortessi, prima hermana de Vincenzo por el lado de la *mamma*: por ende, hija de sus propios padres y por un golpe de suerte sobrina de sus propios tíos, es decir, los propios padres de Vincenzo, con la intención de retomar el relato de la historia en cuestión.

Ella era lesbiana, pero también le encantaban las naranjas. Así reminiscea una escena que compartió con el problemático hermano menor de Vincenzo:[60]

> Gianpietro interrumpió intempestivamente la cena familiar mientras con celo apretaba un acuerado maletín contra su aceitoso sobaco, el cual estaba lleno de diferentes tarjetas comerciales de nuestro negocio sepulcral Szaborostroskyiop; modesta pero precisamente ellas informaban acerca de nuestros servicios. Cada rectángulo de cartón ofrecía una variedad de descuentos en caso de que nuestros servicios funerarios fueran contratados, proveyendo a los enlutados familiares la posibilidad de ganar distintos regalos y premios: como por ejemplo el típico entierro siciliano con la presencia de un doble de Al Pacino, representando el rol de un apesadumbrado Michael Corleone que lamenta la partida de su asesinada prometida, sin costo alguno. Aquellas mismas tarjetas de negocio también ofrecían datos e información increíblemente útiles que resultarían ser no solo ventajosos en este mundo, sino en todos aquellos por venir: el nombre de un ignoto sacerdote pronto a ser santificado, algunas aleatorias informaciones acerca de las preferencias posturales de una renombrada

---

60 Por favor notar que todas las palabras escritas entre () son meros comentarios del editor.

figura clerical, o el horrendo hábito apostador y bebedor de un cierto poderoso político… el tipo de cosas que garantizan una triunfante entrada imperial al Jardín del Edén.

Luego de haber compartido su rectangular invención acartonada con nosotros, escupiendo mientras alababa sus manipulaciones mercado-técnicas y describía cada preciosa promoción y descuento con desenfrenada pasión, juntó sus labios y emitió un silbido agudísimo, acaso como si estuviera soplando un invisible hilo atado a los pechos de aquellos gigantes albaneses que pronto invadieron todo el espacio disponible en el cuarto; eran marineros, con más dedos que dientes y una extraña predilección por las naranjas; de eso me pude dar cuenta en un instante. También estaban dispuestos a hacer realidad la extravagante idea de mi primo.

El plan: servirse de cualquier ardid que pudiese ayudar en la consecución de la meta empresarial que codiciaba al menos un servicio funerario por día. Los recursos: todos aquellos necesarios para hacer efectiva la muerte siempre y cuando no despertara sospechas. Al comienzo el protocolo fue difícil de manejar, y también demostró ser una tarea más compleja que lo previsto. Las primeras muertes ocurrieron como consecuencia de nerviosos bombardeos llevados a cabo por aviones soviéticos cuyos pilotos habían sido contratados e instruidos por Gianpietro y sus Fabulosos Cuatro de Elbasan[61].

Pronto los costos comenzaron a ser mucho más altos que los calculados – bien por encima de los 36.000 metros de altitud desde donde se realizaban los bombardeos –, y la táctica aérea fue raudamente transformada en un mortífero reptar metálico. Varios y estruendosos intentos usando tanques alemanes Panzer demostraron ser tanto fútiles como grotescos; pronto el negocio familiar no podía manejar los servicios requeridos, ya que la abundancia de fallecimientos puede ser una desgracia disfrazada de bendición (es fácil inferir, dados los nombres y la geografía del

---

61 Recientemente algunos historiadores han comenzado a cuestionar la relación entre los regímenes totalitarios del siglo XX y el imperio inductor de muerte de los Mortessi. El profesor Richard Daukine, jefe del Departamento de la Facultad de Estudios Sociales que pertenece a una rama de una secta secular patrocinada por la Universidad de Oxford, sugiere que si comes pescado, es esencial acompañarlo con vino blanco; pero si volvemos a nuestra preocupación principal – esta horrenda historia – él afirma que se deberían realizar ulteriores investigaciones para comprobar definitivamente la existencia de lo que hemos denominado el triangulo de la muerte: Hitler, Stalin y Mortessi. Una teoría similar estaría comenzando a resonar en las principales salas de noticias de las agencias de prensa más influyentes: ¿estuvo Harry Lee Oswald involucrado de alguna manera con el imperio Mortessi? Virtualmente la misma pregunta podría (y debería) ser aplicada a cada gran ataque terrorista ocurrido durante la segunda mitad del siglo XX. Los más osados sugieren que, probablemente, haya un eslabón a ser descubierto entre cada uno de los flagrantes – o sutiles – errores deportivos (árbitros incluidos) y cada una de las matanzas ocurridas, con el imperio italiano.

cuento familiar, que los Mortessi y su Sepelios Szaborostroskyiop se habían ya expandido mucho mas allá de los confines italianos. Se murmura que aún hoy hay una Casa Funeraria de ellos en cada ciudad o pueblo de esta esferada perfección verde que algunos denominamos planeta Tierra).

Mas la codicia no conoce límites, tal como ocurre con el capitalismo y mis internos gases inducidos por el ajo: su perfume puede ser percibido sin importar las medidas aplicadas para prevenir su voraz expansión. El mortífero reptar metálico de los Panzer se transformó en anfibio, y los submarinos atómicos hicieron su breve e infructífera aparición. El resultado fue absolutamente desastroso dados los más de 150 kilómetros que separaban a Stranetti, lugar de la sede central de Sepelios Szaborostroskyiop, del mar; nos convertimos, al menos durante los meses que le llevó a la directiva darse cuenta de que estábamos alimentando a la competencia[62], en una compañía involuntariamente generosa.

Por esta razón, y muchas otras, las cosas tenían que cambiar. La humanidad ha estado siempre – y lo estará – ligada al agua: nuestro origen como forma viviente se halla en el océano, y nuestra propia vida personal comenzó en un oceánico vientre materno. Inspirado por

---

62 Es lícito y necesario dudar del uso de la palabra *competencia*. Dados los recursos y el monopolio del transporte que poseían, esto es claramente una modesta impostura: ellos controlaban todo.

esta idea, Gianpietro descartó las metálicas bestias subacuáticas y condujo a sus Fabulosos Cuatro de Elbasan fuera del agua, como un Dios-CEO, embarcándose en la nueva etapa.

Tal como si hubiesen estado recreando el salto evolucionario, un número indeterminado de hombres salió del mar Adriático, descendiendo no solamente de los ancestrales simios sino también del *SS Aurora*, el transatlántico que trajo a ese ejército que pronto sería nuestro desde las tierras del chile piquín y Coatzacoalcos.

Al traer una milicia de elite que supo pertenecer al EZLN, el ejercito zapatista de liberación nacional, mi querido primo le dio armas a un pensamiento. Justo es reconocer que la tarea no estaba evolucionando – a pesar de que nuestra codicia sea la portadora de culpa – simplemente porque no estábamos apuntando al centro de la rueda; demasiada demostración de fuerza solamente para matar a unos abuelitos que cada tarde disfrutaban un *ristretto* en el único café de nuestro amado Stranetti[63]. ¡Cuán

---

63 El historiador lituano Arvidas Sarjulianis siente que el eslabón entre las maniobras sobornarias de Gianpietro y la Gran Guerra o Primera Guerra Mundial no debería ser descartado a la ligera; incluso sugiere que el asesinato del archiduque Franz Ferdinand de Austria fue un desafortunado accidente dado que, y por primera vez en la historia, las codificadas instrucciones fueron incorrectamente leídas: se cree que mientras revisaba los ocultos detalles de la misión, el asesino tenía una partitura desconocida dentro del inconsciente alcance de sus ojos (muchos asumen que estaba sentado al piano y que la

avergonzada me siento por no ser capaz de ver con claridad en aquellos tiempos! O acaso el objetivo de Gianpietro era mayor que el que me fue dicho en aquel entonces, y ya estaba trabajando a escalas mucho mayores e ignoradas por mí.

La novedad pronto puede volverse una costumbre, y en consecuencia las respuestas automáticas comienzan a surgir – predeciblemente – con sus rostros habituales y horrendos. El alguna vez ejército revolucionario comenzó a reclamar seguro médico, un corte de dos horas para almorzar *como lo hacen los colegas españoles*, subsidio por hijos y triple pago por horas extras. Y naturalmente, los costos se fueron al carajo; pero el sagaz Gianpietro siempre encontraba una manera de mantener nuestros congeladores llenos. ¿Cómo es posible que una casa funeraria haya podido ocuparse de todos estos pedidos? Algo más debía de estar ocurriendo.

La ocasión hace al ladrón, y el color negro amarronado hace al chocolate real; el soborno pronto hizo su estelar aparición papelera, librándonos de la milicia que alguna vez supo

---

partitura era la sonata en fa menor, *Appassionata*, de Beethoven), cuyas dinámicas pudieron inadvertidamente haberse filtrado dentro de su mente dormida… se cree que las palabras que seguramente causaron el asesinato del Archiduque y la consecuente Primera Guerra Mundial fueron: *ff morendo alla fine*. Cuando en realidad, según mis especulaciones, las instrucciones para Gavrilo Princip fueron: 6 huevos, 3 pastelitos de crema, 4 medialunas de manteca y 3 gramos de cocaína.

ser revolucionaria. Pronto, cada trabajador del pueblo (un *reductio ad absurdum* pero invertido: es fácil proyectar la palabra singular *pueblo* a todo el planeta Tierra) relacionado de alguna manera con la industria de la salud, comenzó a danzar al ritmo del dinero saliente de la dadivosa Casa Funeraria Szaborostroskyiop. Los doctores empezaron a entregar prescripciones equivocadas, sugiriendo dosis más altas que las recomendadas, y el hit número uno absoluto: el crear *ex nihilo* una enfermedad casi siempre mortal, para luego informar al paciente de su pronta partida... algo que en realidad no es muy diferente a lo que normalmente hacen los galenos; mas en este caso, con una vuelta de tuerca: siempre habría algún elemento de naturaleza acústica o visual que dirigiría al engatusado paciente o al acompañante de turno rumbo a nuestras sucursales.

Esto – la flagrante e intencional creación de un padecimiento ausente – debería haber sido una práctica inútil; pero tal era la densidad de la autoridad sustentada por aquellas figuras científicas, que nueve de cada diez de estos casos terminaba en una muerte desprovista de una causa real. Los psicólogos y psiquiatras también eran parte de este engaño, quienes les sugerían a todos sus depresivos pacientes – no sin una cierta sutileza – el fin de todos sus problemas por medio de un inocente suicidio... incluso proveían aquellas drogas que crearían una muerte disfrazada de sueño, ergo indolora.

Los dioses de carne de aquellos tiempos, los jugadores de balónpie, también estaban subidos a ese tren-fiesta y danzaban al compás de los sobornos, las drogas y las prostitutas. Su predecible tarea era la de errar goles cantados y penales, con la intención de tentar a esos tambaleantes corazones sufriendo el partido en cuestión. Aquí citamos algunos ejemplos de tal lamentable práctica financiada por sepelios Szaborostroskyiop: vergüenza.[64]

Preferiría no estar forzada a admitir que también algunos sacerdotes estaban a bordo del tren-fiesta. Mi ahora loco y todopoderoso primo Gianpietro les había encargado la sutil demolición de la Fe Cristiana, de la divinidad de Cristo, la autoridad del Papa y lo apropiado de vincular a Pinocho con el verdadero Mesías; para finalmente glasear la atea torta con un guiño rumbo hacia un mundo desmoralizado, dado que mi primo solía decir "¿qué es el libre albedrío sino la chance de hacer lo que queramos?" ¿Será que todos estos últimos escándalos de abusos sexuales que sacuden los cimientos de nuestra Santa Iglesia están de alguna manera ligados con la rampante codicia de nuestra familia?

---

64 Dado lo analógico del papel, es necesario seguir esta instrucción para que dicha oración tenga sentido. Vaya a YouTube, y escriba: goles errados. Y ahí todo tendrá sentido.

65

Pero, ¿cómo funcionaba esta estratagema asesina enferma de codicia? El postrero e invisible toque era el más importante y crucial momento de todos: la disimulada introducción de aquellas infames tarjetas de negocio en el bolsillo del caballero o de la dama que había sido previamente asesinado o suicidada. Prediciblemente, los enlutados seres queridos de la víctima, debido a una entendible falta de reflejos y a la presencia del más denso pesar, recurrían a aquello que estaba a mano y que por ende parecía ser la solución más simple – conveniente –, ergo, a nosotros: la hoy pujante y siempre en expansión Casa de Sepelios Szaborostroskyiop.

Por supuesto, para que lo anterior resultara fructífero, un empleado de la firma debía estar en la vecindad del lugar en donde el *accidente* hubiese ocurrido; las fuerzas civiles del orden (nuestros amados *carabinieri*) siempre han estado inclinadas a hacernos saber de cualquier infortunio mortal por el precio justo. El empleado en cuestión tenía que llevar consigo todos los papeles y documentos requeridos en todos momento, además de tener pulida una apropiada excusa (coartada) que explicase su presencia en la escena del crimen... perdón, ¡accidente!,

---

65 El párrafo borrado era de semejante baja calidad literaria, que se evaporó a sí mismo.

y el estar listo para llenar los formularios de una forma útil, amigable y discreta: todo esto, claro está, para facilitar el comienzo del ballet mortuorio. Aprovechándonos de la pena y del dolor de los sacudidos familiares de la víctima, nuestra precisión en las contrataciones rozaba por lo general un obsceno 95%.

Aquí termina el relato de la lesbiana, en apariencia interrumpido por un primo lejano de ella – cuyo nombre será revelado en unas líneas sucesivas mas cuya capacidad mental tiene que haber estado seriamente disminuida – que bien pudo haber inducido a su finada prima tortillera a suicidarse. Esta sospecha fue luego confirmada mediante el hallazgo de una tarjeta de la mismísima Casa Funeraria Szaborostroskyiop dentro de su boca y un panfleto que prometía los *mejores asientos en el paraíso a precios populares*, patrocinado por el emprendimiento familiar y firmada por él mismo como *cugino Manfredo*. No hubo oposición ante semejante burda evidencia.

A manera de epílogo citamos las líneas de Giancarlo Manfredo Ruperto Mortessi, primo segundo – y asesino, amén de un poco hijo de puta – de la amante de las naranjas:

> Yo no tuve nada que ver con la muerte de mi prima tercera[66]. Sé que nadie lo cree así, pero por si acaso… quiero aclarar lo siguiente: yo no la suicidé. Lo hizo ella misma… yo solamente la alenté a que lo hiciera. Si no, ¡lo hubiera hecho con mis propias manos!

---

66 La imprecisión numérica expone la imbecilidad del personaje.

Tremendo, ¿no les parece?

Luego de la siniestra campaña asesina repleta de masivas matanzas y publicidades manipuladoras (¿acaso hay alguna publicidad cuyo objetivo no sea la manipulación?), la postrera sentencia de muerte estaba a punto de ser ejecutada dentro de las entrañas de la infernal familia Mortessi: la codicia, una lenta mas mortalmente venenosa serpiente comenzó a apoderarse, uno por uno, de cada miembro perteneciente al clan de asesinos y funebreros. La muerte se transformó en algo más que opulencias y deseos lujuriosos; la muerte se transformó en una hermana, en un hermano, en *la mamma*. La muerte estaba en todos lados y era todos. Las causas podrán parecer diferentes al ojo del observador, mas el origen, la verdad… es una. Algunos de los decesos ocurrieron a través de accidentes, otros fueron suicidios involuntarios, otros no; la diversidad encontró su fin (y principio) en un solitario denominador común: la imprudencia, esa impulsiva hija de la codicia.

La única y postrera sobreviviente – a pesar de que aún pueden encontrarse algunas voces susurrando acerca de la perdurable existencia de una vasta cantidad de Mortessis alrededor del globo – de la ahora pudriente *famiglia* era la casta y pura Bianca Mortessi, cuya avergonzada presencia fue repudiada en la región de Liguria toda. Semejante oscura nube resultó ser demasiado para su gentil espíritu, y así fue que decidió partir con la intención de degustar aquellas aguas marítimas que aumentan la sed y nadar hacia la mítica isla de Cirs, oculta en una remota zona abrazada por el océano no tan Pacífico.

Algunos afirman que es una leyenda, otros que es un mito, y menos aun son quienes asumen que – aunque posible – es bastante difícil de aceptar para la mente:

incluso hoy, en el gris y maduro y pestilente pueblo llamado Stranetti (o deberíamos decir *lo que queda del mismo* luego de los infinitos bombardeos llenos de codicia sepulturera), se pueden encontrar algunos cadáveres en los alrededores de la *Piazza Centrale,* enterrados algunos metros bajo tierra, portando aún una amarillenta tarjeta de la Casa Funeraria Szaborostroskyiop. Cada año, como una bizarra conmemoración del nacimiento de Rigoberto *el cremador* Mortessi, el circunstancial pastor de *Nostra Madonna delle Oglio* es cubierto de crema y rodeado por una esponjosa capa de torta, transformado en una dulce delicia humana mientras los habitantes del pueblo, disfrazados de ratas, ratones y otros horribles roedores, engullen la crema y la torta sin morder la carne del sacerdote. Es justo decir que, en ocasiones, el hambre vence. Las varias infecciones en el cuerpo de cada pastor participante lo refrendan.

El último de los Mortessi – y así les gustaría que lo creyéramos –, Pietro Alberto, aún está siendo velado en la primera sucursal de la Casa Funeraria Szaborostroskyiop; ceremonia que comenzó alguna vez hace ciento veintisiete años. Mas algunos afirman que en efecto es imposible saber a ciencia cierta cuántos herederos del imperio de la muerte quedan.

Mientras tanto, un mito urbano asoma su fabulada cabeza por sobre todos los demás: el mismo relata que donde haya más de 1.001 personas habitando un mismo pueblo o aldea, allí existe una Casa Funeraria cuyo nombre comienza con la letra *S.* Aquellos creyentes claman que es un signo… un signo del perdurar del imperio italiano; un atisbo o afirmación de la persistencia de la codicia. Aquellos creyentes claman que sería demasiado obvio que las sospechadas sucursales siguieran repitiendo el mismo nombre manchado de sangre; una mera letra sería acaso suficiente para enviar el mensaje a la mente dormida del ser humano común. Aquellos creyentes claman que el hombre volador en un ajustado traje azul, calzón rojo, capa de mismo color y un fijo cabello engominado con un dulce rulito acariciando su frente, sería una súper invención de la imparable compañía. Superman es apenas una farsa, una *façade* que acaso le permita perdurar a la letra *S*, percutiendo dicho condicionamiento dentro de la raza humana entera.

Aquellos creyentes saben que la culpa no ha de morar en el sistema, sino entre aquellos que le dan vida: la codicia necesita dinero como un bebe necesita amor, o como el sexo anal necesita lubricación[67]. Aquellos creyentes también afirman que son demasiados (acaso todos) los líderes internacionales salpicados por la estratagema; que todas las compañías farmacéuticas tienen acciones de la innombrable empresa familiar; que todas las guerras registradas durante la era moderna podrían ser rastreadas hasta la desgraciada familia Mortessi; y que la creación de un absurdo *Superman* fue un golpe a la memoria, obrando como una distrayente y olvidadiza brisa cuya misión sería disimular los previos abusos… un golpe que despejaría a las preocupantes nubes de la muerte. Una brisa que obró como un viento inodoro que se llevó consigo las toxinas del ajo que no tendrías que haber ingerido. Una brisa que trajo al huérfano niño desde Kriptón: hito que probablemente veló a cada una de las mayores atrocidades ignoradas en nuestra historia contemporánea.

---

67 Es indiferente si se trata de natural o artificial: mas que sea acuoso y sin fragancias.

Todo esto fue descubierto gracias al infatigable trabajo de *Herr Doktor* Manfred Schuppenfeur, profesor residente en el Instituto Max Planck de Alemania y líder experto en el campo de construcciones de mitos, leyendas urbanas y emanaciones inodoras del ano.

Mas poco tiempo después de su horrífico descubrimiento, Manfred Schuppenfeur apareció misteriosamente baleado en su Mercedes Benz Compressor V12, el cual estaba equipado con asientos de cuero y detalles en nogal y bronce. En su bolsillo, fue encontrada una bizarra tarjeta con la siguiente inscripción:

> Cupón para un descuento del 50%, válido para enterrar a un científico muerto cuyo nombre comienza con *M* y cuyo apellido finaliza con *D*[68]. Por favor, si usted es esa misma persona o por casualidad es un pariente cercano del fallecido, contáctenos a la brevedad. Los roedores están cerca. SBM.

La nota a pie de página se volvió innecesaria luego de la traducción del texto. Por ende, la hemos borrado y dejado estas palabras a modo de explicación.

---

68 Nótese el error que baña el mensaje asesino: donde debería haberse escrito la letra *R*, leemos la letra *D*. Esta es una clara indicación de que el perpetrador del crimen tiene que haber sido un descendiente no reconocido del imbécil Giancarlo Manfredo Ruperto Mortessi. Tales son las postreras conclusiones del escuadrón de Interpol que está intentando actualmente resolver el crimen, de una vez y para siempre.

Destinación

El Generoso Perfumista, quien era comúnmente conocido como Iqbal ibn Haidar y que además fue un amable y perfecto abuelo mío, me enseñó una vez una lección sin hacerla explícita, compartiendo algo que le hubo dicho a un ansioso aprendiz a quien alguna vez había tenido que sufrir:

> Estoy seguro de que varias veces te has dicho que llevarías a cabo diligentemente aquello que tu maestro te ha sugerido que debías hacer, por tu propio bien.
>
> Acaso ya lo estés haciendo… o no.
>
> Acaso parte de tu trabajo sea descubrirlo… o no.
>
> Seguramente la vasta mas finita distancia que separa a lo que quieres de lo que necesitas distorsione tu visión.
>
> Seguramente este sea tu trabajo: acercar tus extremos.
>
> Recuerda que el maestro sabe lo que el discípulo necesita: ello lo hace ser lo que es.

Mientras permanezcas en el vehículo que te lleva a tu meta, poco importa lo que hagas durante el trayecto.

Eso sí: no molestes al conductor.

Anatomía

Las cejas, esa densa y arbustada congregación de pequeños pelillos que superciliarmente rodean a nuestros gemelos visores, despertaron – y aún lo hacen – mi curiosidad desde mis tempraneros años de esta experiencia que llamamos vida.

Así comienza el prólogo del galardonado libro escrito por el famoso anatomista, odontólogo y basurero (pero solamente durante días feriados) de Rotterdam, Joos van Wonderen[69].

Su vida toda fue obsesivamente marcada por este curioso interés anatómico. Su primera novela publicada fue *Tussen de Wenkbrauwer* (editada en castellano como *Ente las cejas* o en su versión latina *Entrecejas*).

Su libro para niños más exitoso, una ficción odonto-infantil, se llama *Frons de Clown* (publicado en español como *El payaso fruncidor de ceño*).

---

69 Asumimos que la cita en cuestión se trata acerca de su trabajo intitulado *De Metamorfose van de haren*. (Ed.)

Y durante la última entrevista que compartió con la humanidad, la cual fue atestiguada y llevada a cabo por un ignoro reportero de *Der Telegraaf* – cuya gris existencia no merece comentario alguno en esta historia – apenas unos días antes de su muerte, van Wonderen confesó que su héroe deportivo era el famoso guardavalla argentino Cejas[70].

Cada uno de sus noventa octubres estuvo marcado por la inacabable obsesión que sentía por sus rojizos follajes supraoculares.

En su famosa *Encyclopedie van de Anatomie* (hoy un obligado habitante de cualquier bibliografía sugerida en todas las mejores academias de medicina alrededor del mundo) pondera:

> Las cejas, o acaso debería usar su nombre original, *vili protruding supra oculos*, encuentran su *raison d'être* en su innata capacidad para proteger al ojo (u ojos, si el sujeto en cuestión disfruta de semejante plenitud) del profuso sudor que ocurre como consecuencia de los más altos pelos que pueblan aquella extremidad superior llamada cabeza (si es que el sujeto en cuestión disfruta en efecto de dicha plenitud).

Semejante afirmación agitó un increíble estupor y estertor dentro de la comunidad científica toda; hecho que obligó a nuestro obsesionado Joos a realizar ciertos experimentos

---

70 Es imposible determinar la fecha exacta de la citada entrevista, pero seguramente ocurrió durante los tempranos 60 del siglo XX.

con el patrocinio del instituto Max Planck de Alemania: estudios diseñados para demostrar y confirmar su revolucionaria intuición, de una vez y para siempre.

He aquí los resultados de esos sudorosos experimentos:

Se ha certeramente notado y demostrado que los sujetos que portan o tienen cejas profusas, en efecto comparten las siguientes características:
- Sudan compulsivamente tanto durante los estados del sueño como de la vigila, sin importar la temperatura ambiente relativa (los experimentos arrojaron resultados similares, no obstante la temperatura imperante en las habitaciones en cuestión; la misma oscilaba entre los 0° y los 56° de la escala Celsius)
- No usan desodorante antitranspirante
- Sudan aunque la temperatura exterior sea menor a 0° Celsius
- Disfrutan y comen *spaghetti*
- Son dueños de mascotas, en particular perros
- Se observa presencia de pie plano, semi-plano o *demi-sec*
- Poseen una notable abundancia de cabello en la cabeza superior, que siempre es propio, ergo natural
- Aquellos sujetos que usan peluca sufren una merma en la caída del líquido sudoroso de un 45,798%

De forma opuesta, aquellos sujetos cuyas cejas representan una fina conjunción capilar comparten las siguientes características:
- No tienen ningún tipo de cabello en la cabeza superior
- Presentan una carencia total de emanaciones sudorosas
- Usan desodorante antitranspirante
- Afeitan sus cejas para evitar la vergüenza y el oprobio
- Tienen una irrefrenable tendencia a leer en francés a pesar de que el párrafo en cuestión haya sido escrito en cualquier otro idioma
- Comen sushi

Ha sido firmemente determinado, a través del correcto proceder y en total respeto por el método científico y las leyes intrínsecas que gobiernan nuestras propias vidas y pensamientos, con una precisión del 98,864873%, que aquellos sujetos que no gozan de la presencia peluda superciliar de protección ocular – sujetos también conocidos como *descejados* – sufren y padecen un cierto número de problemas con el sentido de la vista.

A través de los mismos resultados de nuestras notables y útiles actividades observatorias, podemos asumir y por ende inferir que la causa

---

89 Quizá ya hayan notado que no hay referencia alguna a este número en el texto impreso superior. Entonces, por favor, continúe leyendo normalmente. ¿Ok?

de estos problemas de la vista yace en el sudor descendiente que cae desde el área cabellera superior (cabeza), afectando así los indefensos reinos oculares.

Corriendo detrás de esta afirmación y persiguiendo a los estudios que han sido diligentemente realizados, puedo revelar:

El sudor anteroposterior, parietal y frontal, de movimiento descendente y consistencia salina, cuando porta un pH que supera el umbral de 4,6%, es la causa de todos los tipos de desórdenes oculares humanos; ello, cuando ocurre en sujetos descejados o con una cierta escasez en la consistencia de tal barrera capilar.

La razón yace en las propiedades intrínsecas de la salada caída acuosa frontal: la misma posee un alto poder corrosivo y extremadamente dañino para la retina ocular y el órgano todo. Esto posiciona a los músicos en general, y a aquellos que se desempeñan dentro del mundo clásico-escolástico (debido a la alta concentración utilizada), dentro del grupo de riesgo más expuesto a dicho padecimiento.

Es por todo lo anterior que me atrevo a dictaminar y predecir lo siguiente:

Todos los especímenes humanos – sean de naturaleza femenina o masculina – que no tienen cejas, ya son ciegos; o inevitablemente se dirigen hacia semejante destino oscuro.

Parece ser que a la larga el investigador van Wonderen sí logró alcanzar a su supuesta y perseguida afirmación; su destino y lo que decidió hacer (o no) con ella, permanecerán momentáneamente como un misterio elusivo.

Este último reporte científico, publicado por la Universidad de Rottersburg, inspiró acaloradas refutaciones tanto dentro del ámbito científico como del puramente erudito. Aquí algunos ejemplos de la retórica utilizada:

> Borges, el gran escritor argentino, era ciego a pesar de poseer arbustales cejas; Andrea Bocelli y Stevie Wonder son famosamente ciegos aun cuando poseen preciosos y peludos ejemplares de protección ojística[71].

Sin embargo, e incluso antes de que este desafío se desarrollase, el súper intelectual y filósofo erudito Archie van der Neumann especula y aventura:

> La ceguera de Borges se debía principalmente a (según el historial clínico facilitado por su doctor de máxima confianza, el endocrinólogo Tito Gómez) una extraña y peculiar enfermedad o desorden sufrido por nuestro amado y admirado *Georgie*. Aún se desconoce el origen de semejante padecimiento físico; también se ignora el nombre que, en algún probable futuro, etiquete al malestar previamente mencionado;

---

71 Teoría que refuerza ciertos puntos mencionados en el *Opus Magnum I* acerca de la supuesta ceguera de André Bobassi.

ya se ha comenzado un proceso para determinar la forma bautismal que habrá de asumir el infame y horrendo desorden. Los debates continúan en las bibliotecas más notables del mundo. Una vez que el nombre haya sido escogido, el proceso completo será explicado y revelado. La descripción de semejante desafortunada condición, de acuerdo a lo (poco) que se sabe hoy, es la siguiente:

"Alteración direccional del sudor facial, cuyo curso no es de una naturaleza descendente – *verbi gratia* desde la masa capilar ubicada en la cabeza superior hacia el mentón – mas horizontal; encontrando así su origen en las acaracoladas orejas, y humedeciendo su paso fatal hacia los ojos."

Esta podría haber sido la patología que condenó no solamente a su padre, Jorge Guillermo, sino también a él mismo, aquel humilde genio literario conocido como Borges, a una persistente ceguera.

Tal padecimiento es provisionalmente llamado *horizonti sudorem.*[72]

Pero no podemos darnos el lujo de mencionar al porteño, al gaucho tímido hecho de oro y de tigres, sin recordar y honrar a John Milton a través de la palabra o la pluma.

---

72 Sudor horizontal.

A pesar de la falta de retratos fidedignos se pude notar, de acuerdo al crítico literario y afamado *marchand* en el mundo del arte Ulver Hure, que las cejas de Milton tienden a aparecer, en las pocas y humildes y mediocres rendiciones pictóricas, de una forma escueta – casi tímida –, acaso evanescente: otra pista que dota con aún más fuerza a los soplantes vientos que empujan a nuestros barcos racionales rumbo a la intuición primordial de van Wonderen.

El experto en John Milton, *Monsieur* Illman Ulmaz, quien solía ser un vendedor puerta a puerta de servicios de telefonía, televisión por cable e internet durante aquellos abundantes y especuladores años españoles al comienzo de la burbuja inmobiliaria y la locura del euro allá por los albores del año 2000, sugiere hoy que en el caso de su amado poeta no debería descartarse el accionar de un virus o una bacteria como *prima causa* de la ceguera de Milton; Ulmaz sospecha que mientras trabajaba como Secretario de Lenguas Extranjeras, John pudo haber sentido una cierta tentación de chupar la incorrecta... infectándose de tal modo.

Tal padecimiento es llamado provisionalmente *horizonti sudorem*[73].

Acerca de Aldous Huxley y su ceguera parcial, podemos decir que nada tuvo que ver con el *efecto ceja* sino con pequeños y torpes accidentes ocurridos al intentar caminar cuando aún persistían los efectos de las drogas psicotrópicas con las cuales creyó abrir las puertas de su percepción; ellas estaban, entonces, cerradas.

---

73 *Déjà vu* literario.

En lo referido a Andrea Bocelli, su ceguera pudo haber sido inducida por el solemne e interminable escupir que su fallida técnica de canto lo forzaba a producir desde que era un pequeño *bambino*.

Los niveles de pH de su emisión salivatoria ya han sido estimados: porta un absurdo 98,9%, mostrando ciertamente un alto y agresivo nivel de corrosividad[74].

Tales teorías alcanzaron inmediatamente los oídos de Joos van Wonderen, los cuales – a pesar de sufrir severas capas de cera – escucharon las noticias con la mayor atención posible. En respuesta a ello se puso en marcha un nuevo conjunto de experimentos, con el mismo germánico patrocinio; luego Joos publicó un *paper* describiendo los descubrimientos con divina generosidad:

> Los datos obtenidos nos proveen la absoluta certeza para afirmar libremente que la disfunción visual de Andrea Bocelli se debe al contacto de su propio escupitajo salival, el cual es velozmente expelido mientras canta – un generoso uso del verbo –, con sus propios ojos. Es actualmente imposible determinar el preciso período de su vida en el cual este desafortunado episodio de autoescupida comenzó a ocurrir, mas teniendo en cuenta que la primera y única causa probable (una técnica de canto

---

74 Aparentemente en el colegio era conocido como el *uomo* mosca. El hombre-mosca. ¿Hay acaso una especie de lazo fraternal entre el actor Jeff Goldblum y Andrea Bocelli? ¿Es apenas una coincidencia que cuando se le preguntó una vez acerca de su mujer perfecta-fantástica, el pseudotenor italiano mencionó el nombre de Geena Davis?

defectuosa), ello tuvo que haber empezado durante sus años formativos; nuevamente, otro generoso uso de una palabra.

Es notable observar cómo un efecto secundario producido por semejante forma de canto líquida ha dejado una huella en el *pathos* conductual del así llamado cantante: por favor, notar que cada vez que canta – nuevamente derrochamos generosidad – una cierta fuerza mensurable intenta proteger a sus ya dañados ojos… una automática respuesta que pudo haber sido útil en el pasado mas que ahora es meramente un eco acarreador de la esencia del origen.

La otra irrefutable y empírica prueba es que el pseudotenor canta con sus ojos cerrados, mostrando así una cierta actitud refleja que en algún momento particular del pasado operó (inexitosamente) como una defensa ante la invasión salivática (variación de *déjà vu*).

El caso de Stevie Wonder presenta ulteriores dificultades.

Mientras que algunos aún creen que no es ciego en absoluto, apenas recurriendo baratamente a esa desventaja oscura solamente debido a razones de mercadotecnia – la mercadotecnia de la lástima –, otros suponen que la verdadera causa de su real discapacidad ocular podría encontrarse en el rudo y veloz contacto de una porción de su cabellera *Rastafarian* – durante sus años mozos de peluda abundancia – con sus abiertos ojos atentos al teclado.

Un importante aspecto que refuerza dicha teoría es el frenético movimiento cabecero del moreno compositor y cantante que aún puede verse durante sus recientes y magistrales conciertos; la perfecta y necesaria fuerza oscilante para las rastas cegadoras, que efectivamente pudieron haber producido la horrorosa discapacidad.

Un prototipo inspirado en la forma del cráneo que aún pertenece al señor Wonder – y de paso idéntico – ha sido recientemente construido para estudiar la velocidad del impacto de una de sus antiguas rastas que probablemente pudo haber dañado sus ojos (variación *plus* uno *déjà vu*).

El resultado fue lapidario: su ceguera es una consecuencia natural de su viejo estilo *coiffeuresque*.

A manera de corolario a semejante festín científico, un ejemplo definitivo suministrado por un desnombrado visitante extraterrestre que respaldaría, acaso para siempre, el gran trabajo de Joos van Wonderen:

Durante mis jóvenes y lujuriosos años he observado que en la región noroeste de la península ibérica, más precisamente en Galicia (una parte del mundo en la cual las cejas crecen con majestuosa abundancia e inspiran asombro con su protectivo esplendor arbustal, incluso en los más ilógicos y fanáticos ateos), aún no se ha podido encontrar, desde aquel siglo séptimo durante el cual comenzaron los registros sanitarios, un solo caso de ceguera entre la población autóctona.

Abrumado por la presencia de semejantes titanes científicos, poco es lo que puede decirse o escribirse: poco.

Aunque una pregunta surge naturalmente: ¿es *Ensayo sobre la ceguera* simplemente un ejercicio de burla literaria llevada a cabo por un hombre de letras que probablemente sabía que semejante padecimiento no habría jamás de afectarlo debido a sus increíbles cejas?

El debate aún sigue abierto. Por favor, visítenos dentro del horario de apertura: 7 am - 11 pm. Preguntar por Tito.

Sentencia suspendida

Si su vida pende de un hilo, evidentemente usted ha llevado una existencia por demás *léger*.

Decretado por el detective privado William Thumberford durante una sudorosa tarde en Granada, mientras ojeaba las notas del renombrado descuartizador de la Placeta Carvajales.

Fórmula

El que no arriesga no gana… y quien arriesga, tampoco.

Esta sentencia fue pronunciada postreramente por el famoso apostador y proxeneta de Beaumont, Texas, conocido como John el frijolero McKeane.

Abrumado por deudas impagables y con un terrible dolor de muela, se dejó caer sobre los vibrantes aceros de la Fargo Wells Train Co.

Similitudes

En alguna ocasión, yo, Chuang Chou, soñé que era una mariposa aleteando por aquí y por allá, realmente siendo una mariposa. Era únicamente consciente de mi felicidad como mariposa, sin darme cuenta de que yo era Chou. Pronto desperté y ahí estaba yo, verazmente siendo yo mismo otra vez. Ahora no sé si realmente fui entonces un hombre soñando que era una mariposa o si es que ahora soy una mariposa soñando que soy un hombre. Entre un hombre y una mariposa hay necesariamente una distinción. La transición es llamada la transformación de las cosas materiales.

Para nosotros, personas de ojos puramente redondeados conocidas a lo largo de las tierras orientales como occidentales, es aquella raza amarilla forjada por gobernadores imperiales y sabios decrépitos; aquella raza de hombres y mujeres con una sesgada mirada del mundo, hartos de arroz y de fideos y de pastas torturadas al calor de infinitos hervores; una apalillada sociedad condenada por una interminable muralla y una cierta carencia de vello facial que probablemente avergüence a

Dios mismo; aquellos maestros de la copia y seguidores del azar que ordenadamente reina dentro del I Ching; ese descolorido rasgo que enlaza a un cierto número de naciones – y algunos despreciables ruidos que son llamados idiomas; e incluso ignoran la total cantidad de las lenguas que existen allí y también lo que *allí* implica – aquellos… (debido a razones de espacio estamos forzados a resumir el introito de este relato) chinos, taiwaneses, coreanos, malayos… son todos parte de un conglomerado multinacional cuyos rostros se ven implacablemente como el mismo: un *déjà vu* oriental.[75]

Jamás he podido encontrar un solo occidental que pudiera decirme, al mostrársele una foto de Bruce Lee y otra de Jet Li, quién era quién.

Fracaso, debido a su obvia falta de imaginación, es la palabra apropiada para definir al creador de los amarillos. Así es: creador con *c*.

Lo curioso acerca de estos hechos innegables es que para los orientales, nosotros los occidentales nos vemos todos iguales. Si el lector siente, piensa o incluso cree que esta afirmación podría ser, debería ser o es cierta, por favor, lea el primer párrafo – posterior a la cita – invirtiendo oriental por occidental y amarilla por el color de su preferencia; no olvidar elegir dos actores muy conocidos a los efectos de la similitud ejemplificada.

---

75 Hemos decidido dejar todo vestigio de aquel racismo típicamente imperialista del siglo XIX que exuda la prosa de esta desconocida voz inicial. Confiamos en que el lector sabrá tender un manto de piedad sobre tiempos pretéritos. Aplicar el mismo principio a todo párrafo que provocare indignación.

Con la intención de agregar más picante al debate (por favor, abstenerse de seguir leyendo la historia completa si es que sufre de colon irritable o una sensibilidad particular a cualquier forma de alimento picoso), el increíble y enigmático[76] antropólogo danés Stellan Pers Skarsgaard, no cree que la citada identicalidad facial sea un hecho científico. Para demostrar y reconfirmar su negación, cita un solitario e inescrutado caso en toda la historia de las naciones terrestres. Un caso que te volará tu puta cabeza. Un caso que, una vez descubierto, jamás fue compartido debido al temor del autor… y también por falta de papel.

Leemos unos apuntes inmortalizados en un boleto de tren que una vez llevó a Stellan Pers Skarsgaard desde Copenhague a Berlín:

> En la remota provincia de Ming, dentro de la región de Pang, cerca del río Tang, donde reina (con vasta autoridad) el emperador Tab Tea Chow, todos los habitantes son idénticos entre sí. Hay apenas un solo arquetipo de mujer (si es que puedo usar tal expresión) y uno de hombre. El resto no son nada más que perfectas imitaciones *alla* china del original previamente mencionado: así como ocurre con el universo, donde cualquier punto es el centro, aquí el percibido es el original, y los demás sus copias. Las pieles son invariablemente amarillas; nada de barbas entre la población masculina.

---

76 Semejante enigma aún es, paradójicamente, enigmático.

Por supuesto que es efectivamente imposible revisar e investigar semejante modelo básico y monótono de reproducción humana; aquel constante y único sendero hacia el comienzo de la especie ha sido ligeramente olvidado a través de la fuerza del hábito y la falta de diferencias; de este modo las habilidades memorísticas han perecido casi completamente: la remembranza necesita la diversidad en sus incesantes juegos comparativos.

Una solitaria representación del vernáculo Adán, u hombre primordial, sobrevive en la habitación principal del Emperador. Sorprendentemente, *no* luce como un azaroso habitante de esta predecible tierra. El patrón comenzó en algún punto del pasado mas la falta de ejercitación está demostrando ser devastadora para la memoria[77].

Asumo que la identicalidad de los rasgos corporales son los culpables de semejante oscuro e ignorado pasado. Es esta mismísima característica monotónica la que transforma al trabajo reminiscente, ese exclusivo ejercicio de la memoria, en uno mucho más arduo y acaso imposiblemente inútil. Él – el producto que el Lete acarrea en sus aguas – opera y sobrevive a través de (y gracias a) diferencias, variaciones, sutilezas, sombras; creatividades que son

---

77 Padecimiento que aparentemente ya estaba comenzando a afectar al mismo escritor.

omitidas en esta chata y monocromática región. Es como si la falta de trabajo mnemónico no solamente alimentase, sino que de alguna manera produjese esta horrenda falta de dinámicas estéticas; temo que pronto todas las cosas comenzarán a verse iguales, influenciadas por ósmosis: una evolución rumbo a un viviente, humano y múltiple (pero doble) Ying y Yang. La suma de todas las reducciones.

¿Podría estar siendo afectado simplemente por el registro de mis hallazgos?[78]
Estas identicalidades (me contengo de usar el término igualdad, porque eventualmente implicaría algún tipo de diferencia) son tan notorias y abrumadoras, que cada día implica constantes y tediosos problemas que podrían ser fácilmente evitados si se aplicase una sutil alteración en la misma fuente; problemas que aún están siendo estudiados y escrutados con la intención de encontrar una solución plausible y estable.

He aquí un simple ejemplo de semejante *aporeia* común para que el lector pueda entrar en clima (va a refrescar, así que mejor buscar un abrigo):

El usual acto de mirarse a uno mismo (quienquiera que ese yo sea o sin importar a quién pudiere pertenecer, aunque por motivos prácticos asumamos que se trata de un

---

78 Cosa que ya había comenzado a ocurrir en el primer párrafo.

masculino habitante de la provincia de Ming) en el espejo es una fuente instantánea de inquietud para el alma y una perturbadora actividad para la mente: el fútil y vano intento de tratar de reconocer la reflejada imagen como propia, y no como si perteneciera a otro habitante masculino de la provincia de Ming. El aceptar y percibir que el reflejo es el mismo yo que era ayer y que fielmente será también mañana o la próxima vez que el desconocido rostro haya de duplicarse a sí mismo (entre miles de veces a lo largo del día) en el espejo…un espejo que se está transformando en la mitad de la provincia de Ming.

De cierta manera, el mirar a otro hombre es mirar dentro de un espejo[79]. Un precario hábito que en esta región provoca horrendas confusiones, las cuales a veces conducen hacia ataques de pánico, otras a desmayos y también rumbo a dolorosas y ensopadas hemorroides. Los casos más extremos son aquellos en los cuales la personalidad, y todos sus yoes fragmentados, se pierden en un inalcanzable reino de olvido; la persona que alguna vez fue conocida y amada y despreciada, cesa de

---

79 La realidad falsifica al arte; un ejemplo de esto es dado por el aspiracional autor y filósofo austríaco Ruckhart Ellot, quien luego de pasar varios meditativos años en la provincia de Ming, dentro de la región de Pang, escribió: *amar es reconocer al otro en uno mismo, para luego volverse ese otro, que no es más que uno mismo.* Citado de su *Die Kunst des Lebens und Photokopie.*

existir dejando atrás un desnombrado cuerpo inerte que solamente es capaz de realizar tareas burocráticas.

Otro ejemplo ilustrativo es el bizarro hecho que ocurrió dentro del matrimonio conformado por Pan y Sung. Pan se levanta como siempre a las siete de la mañana, incluso los domingos, y se dirige inmediatamente al baño para poder afeitarse su enmarañada – mas falsa – barba, típicamente vista en aquellos desdichados amarillos que aplacan su sed en las dulces aguas del río Tang, en la provincia de Ming.[80]

Pan, el rutinariamente barbado hombre se mira en el espejo sin realmente ser capaz de asegurar si la reflejante imagen pertenece a él mismo, o no; mira a la mujer que duerme en su cama – su esposa Sung – como ansioso intento de crear un ancla, un fijo punto referencial; de repente el borrón nemónico opera, y ahora no puede recordar si era *suya* aquella mujer que

---

80 Semejante táctica de falso vello facial comenzó como un condenado intento de crear algún tipo de patrón físico *diferente* dentro de la población masculina: mostachos, barbas, material de utilería hecho principalmente de pelo de caballo y vello púbico humano. Ni falta hace decir que no funcionó en absoluto: apenas el heraldo de Tab Tea Chow hubo finalizado la pronunciación del postrero sinograma que anunciaba dicha esperanzada iniciativa, los mingenses (machos) se lanzaron a procurarse algún tipo de *faux* barba para mostrar tanto su obediencia al emperador como su hambre de individualidad; como el lector podrá ya adivinar, el intento resultó fútil: les llevó unos magros minutos darse cuenta de que *todos* estaban sufriendo el mismo tipo de vellosidad facial...

anoche tomó por el brazo durante el alba de una escaramuza callejera: y en ese preciso momento, perdiendo el ancla para siempre como una embarcación condenada al movimiento perpetuo debido al óxido de su cadena, cesa de saber con certeza si *él* es el observador, Pan, el gris hombre de contabilidad, o si su mujer Sung[81] lo es... o cualquier otra confundida mujer cumpliendo el rol de esposa.

A esta altura esperamos que para el lector sea ya claro que, cuando Pan mira hacia su cama, ignora si es *él* quien está despierto atestiguando su sueño, o es *ella* la observadora y *él* el soñador de semejante situación paradojal. (La extrapolación podría continuar *ad infinitum*, por ejemplo preguntando al lector: ¿sabes con certeza que tú *no* eres Pan o Sung, o que acaso simplemente seas un personaje dentro de un cuento leído por ambos antes de que el sueño los atrape?; ¿o acaso un sueño que la dichosa pareja está teniendo mientras lees estas mismísimas líneas?)

Son numerosos los casos que pueden ser abundantemente hallados en los repletos gabinetes de la Policía de la Identidad de Ming.

Debido a las dificultades que seguramente podrán ser fácilmente imaginadas, el Empe-

---

81 Debemos inferir que el ejemplo citado se refiere a una pareja de hombres homosexuales, o a una pareja en la cual los roles no habían sido definidos con precisión, o simplemente a habitantes inconscientes de los arquetipos comunes (Ed.).

rador, luego de varios fallidos experimentos y falsos gobernantes que Ming ha aprendido a tolerar a lo largo de los siglos (algunos inocentes, otros culpables de robo de identidad), se ha visto obligado a recurrir a un método que aún hoy demuestra ser infalible en prevenir tales excesos confusionales dentro de los dominios de palacio; aunque justo es decir que el actual Emperador no recuerda quién fue el diseñador original de dicho método: si fue un compromiso que él aceptó, o un producto de lógica construcción, o incluso algo sugerido por su asesor en jefe cuyo nombre ya han sido miles.

Cada Emperador ha de tener – especialmente luego de la desaparición del Gran Gri Xion Ghul (a pesar de que algunos aún juran que está vivo y administrando una tienda de frutas exóticas en el popular mercado dominical) –, a su entera disposición, una troupe de monjes tibetanos exclusiva y exhaustivamente entrenados para repetir durante esas horas de vigilia del supremo gobernante – si es que en efecto puede afirmarse que alguna vez hubo o hay un humano completamente despierto en este reino o en cualquier otro –, aquel monótono y penetrante canto: ¡*Tú eres tú mismo, Oh amado Emperador* (nombre del gobernante), *y no el humano que te está mirando, ¡Oh, sol de Ming!*

Otras fuentes aseguran que el canto resuena con estas palabras: ¡*Tú eres tú mismo, Oh amado Emperador, y no el observador, ¡Oh Sol y Trueno de Ming!*

Y los menos afirman que el canto es algo así:
*¡Tú eres tú mismo, Oh amado Emperador, y no el
humano que te está mirando, ¡Oh, sol de Ming!*

Hay otro grupo de elite, oriundo de y entrenado en Siberia: trabaja dentro del mismo estilo mas sirviendo a las fuerzas de la ley y el orden. El leitmotiv es uno similar: el constante y tedioso cantar remembratorio de la identidad original. El vestuario característico de estos recordadores se parece a ciertas águilas que moran en los Andes y en la mística Tiahuanaco, Bolivia.

Y los menos afirman que el canto es algo así:
*¡Tú eres tú mismo, Oh amado Emperador, y no el
humano que te está mirando, ¡Oh, sol de Ming!*

Sin embargo, la tenacidad de aquellos pasados, presentes y futuros habitantes de Ming que han, están y pisarán los ancestrales suelos a lo largo de su historia toda, es de hecho muy destacable; fútil, sí, pero la pasión y el fervor acaso naïve[82] que los alimenta para sobreponerse a semejante dificultad son no obstante dignos de elogio.

Como esos ladrones y bribones que hábilmente logran posar como otro ciudadano cualquiera o como policía o como político famoso – a pesar del hecho que en algunos casos resultaría ser una tautología viviente – para,

---

82 Puede discutirse que la ignorancia es requerida para semejantes empresas dignas de elogio. Colón no tenía idea alguna de la realidad que finalmente navegó hacia él.

por ejemplo, evitar una penalidad civil o una más grave; criminales que confunden al juez haciéndole creer que el acusado no es Ping, sino Pang, logrando así caminar libre de cargos… u ocupando el lugar del magistrado para intencionalmente inducir al inocente a que crea en su falsificada culpabilidad y así encarcelar al juez mismo; y un interminable (mas no infinito) número de accidentes que la imaginación de los lectores permitirá componer.

A pesar del hermético secretismo alrededor del previamente mencionado tema cantado al Emperador en este *racconto*, las usuales filtraciones inevitablemente sí sucedieron: y hoy uno puede escuchar una especie de combinación letrística y musical en cada esquina de cada calle dentro de la provincia de Ming; mas la novedad pronto habrá de transformarse es una inacabable repetición de supuestas variaciones diversas de la misma fallida mas idéntica imitación; las artes ya están siendo tocadas – acosadas – por la plaga del olvido.

El mismísimo concepto de plagio está siendo lentamente borrado de los códigos de la suprema ley imperial. Con artistas incapaces de trabajar sobre sutilezas, detalles, o una simple coma, flagrantes copias comienzan a estar justificadas por doquier: incluso la palabra *Yeng Suo*, la cual implica una cierta forma de creación original usando tijeras y cartón, está siendo lentamente desterrada de las nuevas ediciones de los diccionarios más populares; tal vocablo está siendo reemplazado por *Yeng Sio*, que significa: una cierta forma de creación original; se rumorea que la futura actualización será: *Yeng Sio*, que significará *ciertas variaciones idénticas de una olvidada fuente única*.

El capitalista Occidente, con su inexhaustible codicia, nunca cesa de buscar oportunidades de negocio; la corporación informática que no es tan limpia ni transparente como su nombre podría sugerir, está intentando aprovecharse de semejante tierra olvidadiza mediante el lanzamiento – en un mercado ya frenético de novedades – de un aparato (nuestras fuentes nos comentan que su forma exterior aún está por ser definida) que permitiría al confundido amarillo observar continuamente su propia vida, refrescando así su identidad y mantener por demás alejado al riesgo de olvidarse de quién es él-ella en realidad.

Muchos son los nombres que están siendo susurrados; acaso *Ventanas a tu Vida* sea el que termine resonando hasta el final[83].

La cuestión del atuendo es una de importancia quizá definitiva debido a la claridad y divisibilidad que brinda; recientemente se ha propuesto que cada familia luzca un tipo único de vestimenta: es decir, uno para las féminas, otro para los hombres. El eslogan del creador

---

83 Como una alusión contemporánea a este relato, por favor mirar el film *50 primeras citas*, con Adam Sandler y unas cuarenta y cuatro actrices que se ven igualitas a Drew Barrymore. (Ed.)

reza: *Si hay lugar para la confusión, que sea dentro de la familia*[84]. De esta forma, el temido efecto *ad libitum* sería efectivamente evitado.

Mas un pequeño e ignorado detalle aún resistía: algunos científicos se dieron cuenta de qué se trataba el meollo de cuestión y comenzaron a trabajar en una sutil variación de la idea anteriormente postulada. Su éxito ha demostrado ser desparejo, pero las proyecciones estadísticas son alentadoras. Puede que la simpleza sea una de las formas del genio, y la más simple de las ideas está demostrando una espectacular resiliencia, no solamente ante los idénticos y olvidadizos mingeos sino resistiendo al brutal lobby empresarial que relampaguea sobre este flagelo.

La mecánica es simple y directa: cada miembro de la familia debe escribir su nombre y el color de la remera que está luciendo en un papel; algo que solo puede ser hecho *después* de haberse puesto de acuerdo en la identidad de cada miembro dentro del núcleo familiar. Una vez que esto hubo sido correctamente realizado, las remeras podrán ser intercambiadas si dicho truque es registrado nuevamente sobre la misma hoja de papel.

El primer conjunto de experimentos, el cual abarcó 10.000 familias diferentes, mostró un

---

84 Si hay lugar para la confusión, que sea dentro de la familia; y la cómica variación: *si hay lugar para Confucio, que él esté con la familia.*

índice de efectividad del 47.9%. El segundo experimento se expandió a 10.000 familias diferentes: el test demostró ser incluso una mayor fuente de éxito, al alcanzar un increíble 47.9% de efectividad.

El último – y más ambicioso – proyecto, está involucrando a la conmovedora cifra de 10.000 familias diferentes, y hasta ahora su fenomenal éxito alcanza un 47.9% de alegre efectividad.

La cuestión del atuendo es una de importancia acaso definitiva debido a la claridad y divisibilidad que brinda; recientemente se ha propuesto que cada familia luzca un tipo único de vestimenta: es decir, uno para las féminas, otro para los hombres. El eslogan del creador reza: *Si hay lugar para la confusión, que sea dentro de la familia*[85]. De esta forma, el temido efecto *ad libitum* sería efectivamente evitado.

Mis propios ojos se rehúsan a creer la realidad de las generosas y sensuales formas que pertenecen a una mujer, la cual se acaba de sentar a mi lado, transportándome así a un campo de lavanda y almizcle[86].

Entre otros varios métodos por demás bizarros de remembranza, se encuentran unos brazaletes verdaderamente *chic*, los cuales están

---

85 *Si hay lugar para la confusión, que sea dentro de la familia*; y la cómica variación: *si hay lugar para Confucio, pues tampoco quitemos el prepucio a los niños inocentes*.

86 Recordar que estamos a bordo del tren destinado a Berlín, y que la voz continúa siendo la de Stellan Pers Skarsgaard.

teniendo éxito de una forma imprevista y sin precedentes (el uso de semejante término no debería ser tomado a la ligera, ni ingerido). Estos adornos brazales vienen en surtidos colores y proveen esencial información descriptiva del portador en cuestión: nombre, altura, sexo – si lo practica con respetable frecuencia o no –, equipo favorito de *Ghog* (tradicional juego de pelota similar al *pato* argentino pero a lomo de camello en vez de caballo, y reemplazando el pato relleno usado en el juego pampero por un gigante oso panda), y la lateralidad preferida del portador de dicho artilugio.

El actual emperador, Tab Tea Chow, entusiasta patrocinador de tal opción, estaría planeando lograr un acuerdo estratégico con la empresa tecnológica comúnmente relacionada con el primer Hombre y el fruto prohibido; el cual es Adán; el cual es la pecaminosa manzana, con la sola intención de destruir a aquel ventaneado competidor.

La anteriormente sugerida empresa, el cual es Adán; la cual es Apple, podría estar desarrollando un sistema destinado a ser incluido dentro de los brazaletes memoriosos: un código de barras y su correspondiente scanner (fácilmente ocultable en un bolsillo cualquiera), diseñado para ayudar a los escasos, valientes y circunstanciales turistas exitosos[87] que, asistidos por el mencionado scanner y aquel código de barras ubicado en el interior del brazalete, serán capaces de reconocer a cada nativo de la provincia de Ming a medida que disfrutan del tour o de una caminata por el bellísimo río Tang, reteniendo así la amenazada memoria del yo y su naturaleza fragmentada; se rumorea que el proyecto brazalete-scanner ha sido puesto en marcha hace algunos años entre la población local; su tasa de éxito reposa sobre un magro 47.9%.

Esta ayuda tecnológica no solamente sería un factor positivo en el fortalecimiento de la armonía y del civismo en general, sino también permitiría la concreción de negocios lucrativos sin las enormes confusiones y las consecuentes mermas en las ganancias; además de aligerar el obvio y siempre creciente problema super-poblacional y aquellos relacionados a la salud pública, pensiones, etc.

También se sospecha que tanto el incremento en la facilidad para reconocer a los locales y la disminución del riesgo del olvido de uno mismo, impactarán inmediatamente en el número de turistas que visitan la región: se espera un aumento del 8000% en esos guarismos.

---

87 Mediante dicho adjetivo nos referimos a ese puñado de turistas que cada año logran salir de la Provincia de Ming con al menos un atisbo de una memoria de un yo casi olvidado.

Como resultado lógico y natural de la implementación de semejante aparato-brazalete, es esperable que los apropiados negocios lucrativos se multipliquen de la misma forma que los guarismos turísticos: la expectativa indica un aumento del 8000%.

El nombre del scanner en cuestión aún no ha sido anunciado, pero fuentes anónimas en la ciudad capital de la provincia de Ming, dentro de la región Pang, susurran que este sería *Nano Ming-Pod Chop Suey*: con un simple click, el perfil completo del mingeano (natural de Ming) en cuestión aparecerá en la mano (o pie, si es que resultare ser, por fuerza del destino o pereza del azar, manco) del turista o usuario local, con el fin de evitar un probable y más que plausible *déjà vu* eterno.

Antes de la invención, tanto del scanner como del brazalete con código de barras, e incluso previo a la creación de los cantores memoriosos que actualmente sirven al presente emperador Tab Tea Chow – quien de paso ha disfrutado de semejante ayuda entonada desde el comienzo de su reinado –, alrededor de 97.365.945 ciudadanos ocuparon, en menos de una quincena, el trono del vastísimo imperio de Ming; caos que naturalmente fue causado por este increíble problema memorístico.

Las teorías conspirativas aún continúan alimentando la creencia paranoica de que el actual emperador *instalado* no es realmente aquel que en tiempos pretéritos fue elegido a través del designio divino de sangre, mas simplemente otro mingeano (natural de Ming, ya que es muy probable que no hayamos hecho esta aclaración previamente) que, por fuerza tanto de la predictibilidad como del azar (que es apenas otra palabra para el destino), es el calco exacto del confundido emperador *verdadero*, el cual ya ha cesado de ser quien la mayoría cree que es.

Unos pocos días después de que la posibilidad hubo sido pronunciada por los medios, todos los argumentos – incluso aquellos que eran el opuesto exacto[88] – comenzaron a apuntar en la misma dirección; y pronto el consenso fue absoluto: se debería confiar únicamente en los cantores; su alta efectividad se debe a que nadie conoce sus rostros, ni sus temores, ni sus pasados, ni si prefieren papel higiénico o bidet[89].

La inclusión del brazalete y el scanner también facilitará enormemente la tarea de aquellos que llevarán a cabo el primer censo completo de la región de Pang: algo que hasta el momento ha resultado ser imposible y utópico. Los guarismos del último intento (fallido) no cuadraban de ninguna manera, dadas las fluctuaciones de las cifras que abarrotaban cada reporte entregado por los empleados reales; estos guarismos tentativos resultaban ser tan

---

88 Se desconoce el punto central respecto al cual dicha alusión podría ser contraria a.

89 Dada su clase, no sería de extrañar que *bidet* fuese la respuesta.

disímiles como el número 2 y el dos. Cada trabajador reportaba un número tentativo de habitantes que era un 47.9% más alto que el estimado por el empleado anterior; al final del año que les llevó a las supuestas autoridades encargadas del censo darle algún sentido a la empresa toda, se descubrió que estos ni siquiera pudieron establecer con algún atisbo de certeza la cantidad aproximada de habitantes de la región de Pang, ni el número de censistas involucrados en el desastroso emprendimiento contador; el oro continúa saliendo del tesoro nacional, dado que son cada vez más los ciudadanos que reclaman por el justo valor de su (im)probable trabajo censístico.

Si tú, querido lector, estás interesado en saber cómo lucían esos malditos amarillos, busca (y encuentra) un retrato del más famoso hijo pródigo de Ming: aquel del filósofo Confusión.

Este texto fue la última cosa viviente encontrada luego de la desaparición de Stellan Pers Skarsgaard; él nunca llegó a la *HauptBanhof* de Berlín. Bajó en la estación Nykøbing Falster como si fuera un tal Sigurd Bjornsson, empresario y bon vivant de Malmo, dejando su vida antropológica en el tercer vagón del tren de la Danske Starsbaner… atrapada en un ignorado moebius hecho de olvido e identicalidades.

Acerca del autor

Abu Kasem está hecho de arena; es un hombre del desierto. También está hecho de estrellas, siendo un hombre de los once cielos. Es alguien que logró comprender que su propia esencia es aquella de todo lo que ha vivido; sabe que es uno, y que es todo; es nada. Cada gota de sudor o lágrima le brinda el sabor de toda la historia humana.

Comenzó a ser Abu Kasem una vez que descubrió que la memoria entera del universo fluía dentro de sí, dentro nuestro; compartiendo, dando, ofreciendo infinitas oportunidades para una eterna creación de la vida disfrazada de arte. Abu Kasem está hecho de arena, y de estrellas; vive dentro de esos mismos ojos que están leyendo estas humildes líneas introductorias, dentro de esa misma imaginación que lo recrea en su taller mientras inventa nuevas palabras, historias, visiones humorísticas para compartir: esas son sus esencias alquímicas.

Web: www.abukasem.com/es
Twitter: www.twitter.com/abukasem786
Instagram: www.instagram.com/abukasem786
Facebook: https://www.facebook.com/AbukasemThe GreedyPerfumer/
YouTube - https://abukasem.com/YouTubeESP

www.ingramcontent.com/pod-product-compliance
Lightning Source LLC
Chambersburg PA
CBHW032019050726
47590CB00006B/2236